はじめてのミステリー

名《めい》探《たん》偵《てい》
登《とう》場《じょう》!

ミス・マープル

アガサ・クリスティー

中尾明 訳

汐《ちょう》文《ぶん》社《しゃ》

著者紹介《ちょしゃしょうかい》

アガサ・クリスティー（1890年《ねん》～1976年《ねん》）

イギリスの女流作家《じょりゅうさっか》。「ミステリーの女王《じょおう》」と呼《よ》ばれている。1920年《ねん》、30歳《さい》のときに『スタイルズ荘《そう》の怪事件《かいじけん》』で作家《さっか》デビュー。本書《ほんしょ》で取《と》り上《あ》げたミス・マープルのほかにも、私立《しりつ》探偵《たんてい》エルキュール・ポアロをはじめ、何人《なんにん》もの名探偵《めいたんてい》のキャラクターを生《う》み出《だ》した。

目《も》次《くじ》

キャラクター紹介《しょうかい》

Miss Jane Marple

氏名《しめい》	ジェーン・マープル
生年月日《せいねんがっぴ》	1880年代《ねんだい》といわれているが、はっきりしない
生《う》まれた場所《ばしょ》	ロンドン郊外《こうがい》のふつうの家庭《かてい》
住所《じゅうしょ》	セント・メアリ・ミード村《むら》 （ロンドンから汽車《きしゃ》で一時間半《いちじかんはん》ほどのところにある小《ち》さな村《むら》）
家族《かぞく》	生涯独身《しょうがいどくしん》で過《す》ごしたが、レイモンド・ウエストという作家《さっか》のおいがいる
学歴《がくれき》	イタリアの寄宿女学校《きしゅくじょがっこう》を卒業《そつぎょう》
職業《しょくぎょう》	無職《むしょく》で、ふだんはのんびり暮《く》らしている
特技《とくぎ》	声帯模写《せいたいもしゃ》
風貌《ふうぼう》	色白《いろじろ》で頬《ほお》はピンク色《いろ》、瞳《ひとみ》は青《あお》く、白《しろ》くなった髪《かみ》の毛《け》をきちんと結《ゆ》い上《あ》げている
好《す》きなもの	リンゴ、ヤマウズラ料理《りょうり》、マロングラッセ
趣味《しゅみ》	編《あ》み物《もの》、庭《にわ》いじり、うわさ話《ばなし》、陶磁器集《とうじきあつ》め
癖《くせ》	他人《たにん》のおしゃべりについ聞《き》き耳《みみ》をたててしまうところがあるが、 それが事件解決《じけんかいけつ》の役《やく》に立《た》つことがしばしばある

風《ふう》変《が》わりないたずら

おもな登場人物《とうじょうじんぶつ》

ミス・マープル……ロンドン郊外《こうがい》のセント・メアリ・ミード村《むら》で暮《く》らす老婦人《ろうふじん》。
マシュー・ストラウド……最近《さいきん》亡《な》くなった資産家《しさんか》。
カーミアン・ストラウド……マシューのめい。
エドワード・ロシータ……マシューのおい。
ジェーン・ヘリア……ミス・マープルと親《した》しい舞台女優《ぶたいじょゆう》。

埋《う》められた宝物《たからもの》

「そしてこちらが、ミス・マープルですわ」

ジェーン・ヘリアが、若《わか》い男女《だんじょ》に紹介《しょうかい》した。

さすがに女優《じょゆう》だけあって、ジェーンは効果的《こうかてき》な演出《えんしゅつ》をこころえていた。ここがクライマックス、かがやかしいフィナーレ！　ジェーンの口調《くちょう》には、ミス・マープルに対《たい》するおそれにもにた尊敬《そんけい》と、その人物《じんぶつ》を紹介《しょうかい》するほこらしさがこめられていた。

しかし、この場面《ばめん》にはおかしなところがあった。ジェーンがほこらしげに紹介《しょうかい》する知人《ちじん》のミス・マープルが、若《わか》い男女《だんじょ》には、品《ひん》のよいおばあさんにしか見《み》えないことだった。若《わか》い男女《だんじょ》は、せっかくジェーンの好意《こうい》で、知《し》りあいになれたものの、こんなおばあさんが、どれだけ信頼《しんらい》できるのかという不安《ふあん》の色《いろ》を、かくそうとしなかった。この二人《ふたり》は好感《こうかん》の持《も》てる男女《だんじょ》だった。女《おんな》はカーミアン・ストラウド、すらっとしたスタイルで黒髪《くろかみ》のむすめ。男《おとこ》はエドワード・ロシータ、金髪《きんぱつ》で大柄《おおがら》のさわやかな青年《せいねん》だった。

カーミアンは、ちょっと息《いき》をはずませて言《い》った。「まあ、ミス・マープル！　お目《め》にかかれてこんなにうれしいことは、ございません」でも、その目《め》には、うたがいの色《いろ》があった。そして、問《と》いただすような視線《しせん》をすばやくジェーン・ヘリアに投《な》げかけた。

「あなた」ジェーンは、カーミアンの視線《しせん》に答《こた》えて言《い》った。「ミス・マープルなら、ぜったいだいじょうぶよ。万事《ばんじ》おまかせしなさい。とにかく、お約束《やくそく》どおり、すばらしいかたをおつれしましたからね」

それからジェーンは、ミス・マープルにむかってつけ加《くわ》えた。

「この人《ひと》たちのために、ぜひ解決《かいけつ》してやってくださいな。あなたなら、たいした問題《もんだい》でもないでしょう」

ミス・マープルは、おだやかな青磁色《せいじいろ》の目《め》をロシータにむけた。

「お話《はなし》をうかがいましょう。どんなことなの？」

「わたしたち、ジェーンの友《とも》だちなんです」カーミアンは早《はや》く話《はな》そうとあせっていた。「エドワードとわたしは、困《こま》ったことができて、なやんでいました。するとジェーンが、今夜《こんや》のパーティに出席《しゅっせき》すれば、いい人《ひと》を紹介《しょうかい》してあげようと言《い》ってくれました。このかたならなんでも――きっとできる――」

エドワードが助《たす》け舟《ぶね》を出《だ》した。

「ジェーンが、あなたこそ最高《さいこう》の探偵《たんてい》だと、わたしたちに言《い》うのです、ミス・マープル！」

老婦人《ろうふじん》は目《め》をきらめかせた。でも、けんそんして、そのほめ言葉《ことば》を受《う》けいれなかった。

「いえ、いえ、とんでもない！　わたしはそんなえらい人物《じんぶつ》ではありませんよ。ただ、長《なが》い間《あいだ》、いなかの村《むら》に住《す》みついていると、人間《にんげん》の性質《せいしつ》がひとりでによくわかってくるものなの。あなたがたのお話《はなし》には、なんだかきょうみを引《ひ》かれるわ。どういうことなのか、くわしく話《はな》してごらんなさい」

「むかしからよくある話《はなし》で、わらわれそうですが――埋《う》められた宝物《たからもの》のことなんです」

とエドワードは言《い》った。

「まあ！　わくわくしますわ」

「じつは、それが〝宝島《たからじま》〟みたいな話《はなし》じゃないんです。あいにくぼくたちの話《はなし》は、ロマンティックな色《いろ》あいがありません。十字《じゅうじ》に組《く》みあわせた骨《ほね》とどくろが、地図《ちず》のある地点《ちてん》をしめしているとか、〝左《ひだり》へ四歩《よんぽ》、西《にし》へ北《きた》〟というような方角《ほうがく》の指示《しじ》があるわけでもないのです。ただ――どこを掘《ほ》ったらよいのかというだけの話《はなし》です」

「それで、掘《ほ》ってみましたか？」

「二エーカーぐらい掘《ほ》ってみました！　市場《いちば》へ出《だ》す野菜《やさい》を栽培《さいばい》する予定《よてい》の土地《とち》で、どこにカボチャを植《う》えようか、どこにトマトを植《う》えようかと、話《はな》しあっているところでした」

ここでカーミアンが口《くち》をはさんだ。

「なにもかも、くわしくお話《はな》ししましょうか?」

「もちろん、そうおねがいしますよ」

「それでは、もう少《すこ》ししずかな場所《ばしょ》がいいわ。席《せき》を移《うつ》しましょうよ、エドワード」

カーミアンが先《さき》に立《た》ち、人々《ひとびと》でこみあい、タバコの煙《けむり》が立《た》ちこめる部《へ》屋《や》を抜《ぬ》け出《だ》した。それから階段《かいだん》をのぼり、三階《さんかい》の小《ちい》さな居間《いま》へむかった。

それぞれが席《せき》につくと、カーミアンは口《くち》を切《き》った。

「では、はじめます! この話《はなし》は、わたしたちのおじ——年齢《ねんれい》からいえば、むしろ大《おお》おじに見《み》える老人《ろうじん》のことからはじまるのです。おじは、エドワードとわたしだけが身内《みうち》だったこともあって、とてもかわいがってくれました。そしていつも、自分《じぶん》が死《し》んだら、全財産《ぜんざいさん》をわたしたち二人《ふたり》にのこしてやると、言《い》っていました。そのおじが、この三月亡《さんがつな》くなって、遺産《いさん》はエドワードとわたしが、仲《なか》よく半分《はんぶん》ずつ相続《そうぞく》することになりました。こんな言《い》いかたをすると、わたしたちが、おじの死《し》を待《ま》っていたようにに聞《き》こえますが、そんなことはありません。わたしたちは、おじをほんとうに愛《あい》していました。それに、おじはかなり長《なが》い間病気《あいだびょうき》だったのです。

ところで、問題《もんだい》はその遺産《いさん》でした。どれもじっさいには価値《かち》のないものばかりなのです。これはわたしたち二人《ふたり》にとって、大《だい》ショックでした。そうですよね、エドワード？」

あいそうのよいエドワードも同意《どうい》した。

「おわかりいただけると思《おも》いますが、ぼくたちは、おじの財産《ざいさん》をかなり当《あ》てにしておりました。だれだって大金《たいきん》がいずれ手《て》にはいるとわかっていたら、あくせくはたらく気《き》にならないでしょう。ぼくは軍隊《ぐんたい》にいたので、給料《きゅうりょう》のほかには、とくに収入《しゅうにゅう》がありません。カーミアンにいたっては、一ペニーも持《も》っていないありさまです。カーミアンはレパートリー劇場《げきじょう》で、舞台監督《ぶたいかんとく》をしています。その仕事《しごと》にきょうみがあって楽《たの》しくはたらいていますが、お金《かね》になるようなものではありません。このようなぼくたちが、結婚《けっこん》する日《ひ》を待《ま》ちのぞみながら、お金《かね》のことをまったく気《き》にしないのは、そのうちすてきな生活《せいかつ》を送《おく》れる日《ひ》が必《かなら》ずくるのだからと信《しん》じていたためです」

「それが……もうだめです！」カーミアンがさけんだ！「それだけではありません。ああ、アンスティズ――それはわたしたちの祖先《そせん》からの土《と》地《ち》で、エドワードもわたしも深《ふか》く愛《あい》しているところですが――たぶんそれさえ売《う》らなければならないでしょう。そうしなければ、わたしたちはくらせなくなっているのです！　エドワードとわたしには、耐《た》えられないことですが、しかしマシューおじのお金《かね》が見《み》つからなければ、売《う》りに出《だ》すほかないのです」

エドワードが口《くち》を出《だ》した。

「カーミアン、まだ話《はなし》が一番《いちばん》だいじなところにきてないよ」

「そうね、この先《さき》は、あなたがお話《はな》しして」

エドワードは、ミス・マープルのほうをむいた。

「つまり、こういうことなんです。マシューおじは年《とし》をとるにつれ、うたぐり深《ぶか》くなって、しまいにはだれも信用《しんよう》しなくなりました」

「おじさまは、かしこいかただわ」ミス・マープルは答《こた》えた。「人間《にんげん》なんて見《み》かけだけでは、信用《しんよう》できませんもの」

「ええ、おっしゃるとおりです。マシューおじは、いろいろ考《かんが》えてみました。友人《ゆうじん》の一人《ひとり》は、銀行《ぎんこう》にお金《かね》を預《あず》けておいたため、無一文《むいちもん》になりました。ある友人《ゆうじん》は、わるい弁護士《べんごし》にだまされて破産《はさん》しました。またおじさん自身《じしん》でさえ、いんちき会社《がいしゃ》のさぎに引《ひ》っかかり、大金《たいきん》をうしなったことがあります。そこでおじは、いつもくりかえし言《い》っておりました。お金《かね》を安全《あんぜん》に守《まも》る方法《ほうほう》はただ一つ、全財産《ぜんざいさん》を金塊《きんかい》にかえ、埋《う》めてしまうことだと」

「そう」ミス・マープルは言《い》った。「だんだんようすがわかってきたわ」

「友人《ゆうじん》たちの中《なか》には、おじの考《かんが》えに反対《はんたい》するものもたくさんいて、地面《じめん》に埋《う》めたお金《かね》は死《し》に金《がね》で、ぜんぜんふやすことができないと意見《いけん》をしました。でもおじさんは気《き》にするようすもなく、金塊《きんかい》はかさばるから箱《はこ》にいれて、ベッドの下《した》にかくすか、庭《にわ》に埋《う》めるかだ――と言《い》いはるのでした」

カーミアンが、あとをつづけた。

「そういうわけで、お金持《かねも》ちのおじが死《し》んだとき、証券類《しょうけんるい》などもほとんどのこっていないことがわかりました。それでわたしたちは、おじが計画《けいかく》どおりのことをなさったと考《かんが》えたのです」

エドワードが説明《せつめい》を加《くわ》えた。

「ほうぼうに問《と》いあわせて、おじが証券《しょうけん》を売《う》り払《はら》ったことや、銀行預金《ぎんこうよきん》もときどきまとまった額《がく》で、引《ひ》き出《だ》していたことなどを、たしかめることができました。しかし、その大金《たいきん》をどうしたかということは、だれに聞《き》いてもまったくわかりません。しかしおじは、自分《じぶん》の主義《しゅぎ》をつらぬいて生《い》きてきた人《ひと》だから、自分《じぶん》の計画《けいかく》どおり金塊《きんかい》を買《か》いいれて、どこかに埋《う》めたにちがいないと思《おも》います」

「おじさまは、亡《な》くなる前《まえ》になにも話《はな》さなかったのですか？　書《か》きつけとか、手紙《てがみ》とかのこっていませんか？」

「それが一番《いちばん》おかしいところなんです。おじは、それらしいことをなにもしておりません。数日間《すうじつかん》、意識不明《いしきふめい》の状態《じょうたい》がつづきましたが、いよいよ最期《さいご》になると目《め》を開《ひら》き、ぼくたち二人《ふたり》を見《み》て、くすくすわらいました

——かすかな、力《ちから》のないわらいでしたが。そして言《い》いました。〃わたしのかわいい子《こ》バトたち、これからさき、おまえたちは安心《あんしん》して楽《らく》にくらせるぞ〃それから、目《め》を——右《みぎ》の目《め》をたたいて、ぼくたちにウインクをしました。そして息《いき》をひきとったのです……かわいそうなマシューおじさん！」

「目《め》をたたいた？」ミス・マープルは、なにか考《かんが》えながら言《い》った。

エドワードは、熱《ねっ》っぽく問《と》いかけた。

「それで、なにかお気《き》づきのことがありますか？　ぼくはすぐアルセーヌ・ルパンの小説《しょうせつ》を思《おも》い出《だ》しました。その中《なか》の一人《ひとり》の人物《じんぶつ》がガラスの義《ぎ》眼《がん》に、なにかたいせつな品物《しなもの》をかくしていたんです。でも、マシューおじは、ガラスの眼《め》なんかいれていませんでした」

ミス・マープルは首《くび》をふった。

「いいえ――わたしには、まだなにも思《おも》いうかぶものがありませんよ」

カーミアンは、がっかりしたように言《い》った。

「ジェーンは、あなたでしたら、わたしたちの話《はなし》を聞《き》いて、すぐその場《ば》で、どこを掘《ほ》ったらよいか教《おし》えてくださるということでしたが？」

ミス・マープルは、ほほえんだ。

「わたしは魔法使《まほうつか》いじゃありませんのよ。あなたがたのおじさまにお会《あ》いしたことはないし、どんな性格《せいかく》の人《ひと》かも知《し》りません。それにお住《す》まいも、敷地《しきち》も拝見《はいけん》しておりませんし――」

「それを、ごらんになったら？」とカーミアンは言《い》った。

「そうすればもう、かんたんじゃないかしら」

ミス・マープルが答《こた》えた。

「かんたんですか？」カーミアンはさけんだ。

「それなら、ぜひアンスティズにおいでいただきたいわ。そして、かんたんなことかどうか、ごらんになってください！」

その招待《しょうたい》の言葉《ことば》を、相手《あいて》がまじめにうけとってくれるかどうか、自信《じしん》はなかった。でもミス・マープルは乗《の》り気《き》になった。

「いいですとも、ご親切《しんせつ》にあまえて、うかがいましょう。前《まえ》からわたし、一度宝《いちどたから》さがしというものをやってみたいと思《おも》っていましたの。それに」

ミス・マープルは、後期《こうき》ヴィクトリア朝風《ちょうふう》のほほえみを、明《あか》るくうかべながらつけくわえた。「愛《あい》しあう人《ひと》たちのためでもあります」

「ごらんのとおりです！」

カーミアンは、芝居《しばい》がかった大《おお》げさな身《み》ぶりで、ミス・マープルに言《い》った。

若《わか》い二人《ふたり》が、アンスティズ荘《そう》の宝《たから》さがし大探検旅行《だいたんけんりょこう》を、終了《しゅうりょう》したばかりだということが、ひと目《め》でわかった。菜園《さいえん》は深《ふか》いみぞが、掘《ほ》りめぐらされていた。木立《こだち》の中《なか》では、おもだった樹木《じゅもく》の根元《ねもと》が一本《いっぽん》のこらず掘《ほ》りかえされていた。またかつては美《うつく》しかった緑《みどり》の芝生《しばふ》が、いまはあなだらけという、悲《かな》しいありさまになっていた。

建物《たてもの》は屋根裏部屋《やねうらべや》までのぼり、古《ふる》いトランクや箱《はこ》をかきまわし、中身《なかみ》を調《しら》べた。地下《ちか》の穴蔵《あなぐら》におりて、敷石《しきいし》をむりやりひきはがした。建物《たてもの》の寸法《すんぽう》をはかり、かべをたたいて、ひみつのしかけがあるかどうかたしかめた。そして、ひみつの引《ひ》き出《だ》しを持《も》っていたり、あるいは持《も》っていそうな古《ふる》い家具《かぐ》すべての調査報告《ちょうさほうこく》を、ミス・マープルにすることができた。

居間《いま》のテーブルの上《うえ》には、マシュー・ストラウドおじがのこした書類《しょるい》が、山《やま》のようにつまれていた。それは請求書《せいきゅうしょ》、招待状《しょうたいじょう》、事務上《じむじょう》の手紙《てがみ》などだった。カーミアンとエドワードは、一枚《いちまい》もすてることなく、なにか気《き》づかなかった手《て》がかりがあるのではないかと思《おも》い、くりかえし、くりかえし、読《よ》みなおしていたのだった。

「わたしたちの見逃《みのが》しているところが、まだあるでしょうか?」

カーミアンは、期待《きたい》をこめてたずねた。

ミス・マープルは首《くび》をふった。

「あなたがたの調査《ちょうさ》は完《かん》ぺきみたいね。でも、ちょっと言《い》わせてもらえば、完《かん》ぺきすぎたようよ。わたしはいつも思《おも》うんだけど、なにをするにも、あらかじめ計画《けいかく》を立《た》てておくことがだいじなの。いい例《れい》を聞《き》かせてあげましょう。わたしの友《とも》だちに、エルドリッチ夫人《ふじん》という人《ひと》がいます。この人《ひと》のところに、とても働《はたら》きもののメイドがいて、リノリュームの床《ゆか》をぴかぴかにみがきあげるのよ。それはけっこうなんだけど、完《かん》ぺきすぎて、浴室《よくしつ》の床《ゆか》まで同《おな》じようにみがいてしまったの。おかげで、その夜《よる》、浴室《よくしつ》は大《おお》さわぎ。エルドリッチ夫人《ふじん》が浴槽《よくそう》を出《で》てコルクのマットをふんだとたん、それがつるりとすべって、あおむけにひっくりかえったの。それで足《あし》の骨《ほね》を折《お》ってしまったわ！　なおこまったことに、浴室《よくしつ》のドア

にかぎをかけておいたから――庭師《にわし》がはしごを使《つか》って、窓《まど》から助《たす》けにはいるしまつよ。かわいそうに、ふだんからとっても内気《うちき》なエルドリッチ夫人《ふじん》は、どんなにはずかしい思《おも》いをしたでしょう！」

エドワードは、じりじりして、しきりに体《からだ》を動《うご》かした。

それに気《き》づいて、ミス・マープルは言《い》った。

「ごめんなさい。つい話《はなし》がわきにそれてしまって。でも、一つの思《おも》い出《で》は、べつの新《あたら》しい考《かんが》えを生《う》むものなの。それが、とても役《やく》に立《た》つときがあるわ。つまり、わたしが言《い》いたかったのは、まず知恵《ちえ》をよくはたらかせて、それらしい場所《ばしょ》を考《かんが》えるってこと――」

エドワードは、ふきげんな顔《かお》つきで言《い》った。

「そちらは、あなたにおまかせしますよ、ミス・マープル。カーミアンとぼくの頭脳《ずのう》は、いまのところからっぽですから――」

「おや、おや。こんなにはたらいたんだから、むりもないわ。だれだってくたびれてしまう。では、ひととおり目《め》をとおさせてもらいましょうか」ミス・マープルはテーブルの上《うえ》の書類《しょるい》を指《ゆび》さした。「もちろん、家《か》庭的《ていてき》なひみつに関《かん》するものは、えんりょさせてもらいますが――」

「いいえ、そんなものはありません。でも、なにか意味《いみ》のありそうなものは、見《み》つからないと思《おも》いますよ」

ミス・マープルはテーブルの前《まえ》にすわりこみ、書類《しょるい》のたばを組織的《そしきてき》に調《しら》べはじめた。一通《いっつう》ずつあらためて、置《お》き場所《ばしょ》を変《か》えていくと、それは自動的《じどうてき》に分類《ぶんるい》されて、いくつかの小《ちい》さな山《やま》になった。この作業《さぎょう》が終《お》わると、ミス・マープルはいすにすわったまま前《まえ》を見《み》て、何分《なんぷん》かの間《あいだかんが》考えこんでいた。

エドワードは、いじわるさがどこかにある口調《くちょう》で言《い》った。

「いかがでした、ミス・マープル？」

その言葉《ことば》にミス・マープルは、われにかえった。

「失礼《しつれい》しました。でも、とても参考《さんこう》になりましたわ」

「なにか、宝《たから》さがしの手《て》がかりになる書類《しょるい》でも発見《はっけん》されましたか？」

「いいえ、そういうものは一通《いっつう》もなかったわ。でも、これでマシューおじさんの性格《せいかく》が、だいたいわかった気《き》がするの。わたしのおじのヘンリーにそっくりよ、つみのないジョークが好《す》きなところなんか。それに一生《いっしょう》独身《どくしん》だったこととか——理由《りゆう》はよくわからないけど、たぶん若《わか》いころの失恋《しつれん》かなにかでしょう。きちょうめんだけど、なにかにしばられるのが大《だい》きらい――そういう人《ひと》が年《とし》よりの独身者《どくしんしゃ》には多《おお》いみたい」

ミス・マープルのうしろで、カーミアンがエドワードにサインを送《おく》っていた。それは、「この人《ひと》、年《とし》のせいでボケたみたい」という意味《いみ》だった。

しかしミス・マープルは、ヘンリーおじさんのことを楽《たの》しそうに話《はな》しつづけた。

「おじは、じょうだんが大好《だいす》きでした。でも世《よ》の中《なか》には、じょうだんをひどく気《き》にする人《ひと》たちがいます。ちょっとした言葉《ことば》のいたずらでも、すぐむっとするのよ。それに、わたしのおじも、うたぐり深《ぶか》い性格《せいかく》でした。召使《めしつか》いは主人《しゅじん》のものをぬすむと、決《き》めこんでいたのです。たしかに召使《めしつか》いは、わるいまねをすることがあるけど、いつもそうだとはかぎらないのに、おじは召使《めしつか》いがわるものだと信《しん》じていました。考《かんが》えてみれば、かわいそうな人《ひと》です。晩年《ばんねん》には食《た》べものに毒《どく》をいれられやしないかと、心《しん》配《ぱい》でたまらなくて、ゆでタマゴしか食《た》べなくなったの。ゆでタマゴなら、中《なか》になにかいれたりされにくいってわけよ。以前《いぜん》は食後《しょくご》の一ぱいのコーヒーが大好《だいす》きだった、陽気《ようき》で、ほがらかなおじが！　そのころ、おじはよく言《い》っていたわ。『すばらしいコーヒーだ。アラビアものだな』それは、『もう一ぱい飲《の》みたい』ってことなの」

エドワードは、これ以上《いじょう》ヘンリーおじさんの話《はなし》につきあっていると、おかしくなりそうな気《き》がした。しかしミス・マープルは、かまわずに話《はなし》をつづけた。

「おじは若《わか》い人《ひと》たちが好《す》きで、いつもからかって、よろこんでいたわ。その点《てん》も、あなたがたのおじさまとにてる。おかしのふくろを見《み》せびらかしては、わざと手《て》がとどかない高《たか》いところにおいたりするのよ」

カーミアンも、ついにつつしみを忘《わす》れて口《くち》を出《だ》した。

「かなりあつかいにくい人《ひと》だったようですね」

「いいえ、そんなことありませんよ。変《か》わりものの老人《ろうじん》というだけです。子《こ》どもたちに、意地《いじ》がわるかったわけではないの。それに、ばかだとか、頭《あたま》がおかしいとか――そういう人間《にんげん》ではないのよ。ただ大金《たいきん》を自分《じぶん》の手《て》もとからはなすことができないのね。りっぱな金庫《きんこ》をそなえつけて、お金《かね》はここにいれておけば、ぜったい安全《あんぜん》だって、家《いえ》にくる人《ひと》たちみんなに話《はな》して聞《き》かせたのよ。それがひょうばんになって、ついにある夜《よる》どろぼうが家《いえ》にしのびこんだわ。そして、なにかの薬品《やくひん》を使《つか》って、金庫《きんこ》にあなをあけて――」

「自業自得《じごうじとく》ですね」とエドワードが言《い》った。

「ところが、金庫《きんこ》にはなにもなかったの。おわかりでしょう。ほんとうのかくし場所《ばしょ》は、ほかにあったのよ。それは、なんと書斎《しょさい》にならべてあった教会《きょうかい》で使《つか》う説教書《せっきょうしょ》のうしろ。そんな種類《しゅるい》の本《ほん》を、わざわざ書棚《しょだな》から抜《ぬ》きとってみる人間《にんげん》は、まずいないっておじは言《い》ったわ!」

エドワードは、こうふんしてさけんだ。

「そうだ! たしかにそうだ! 書斎《しょさい》は調《しら》べたかな?」

しかしカーミアンは、首《くび》をふって言《い》った。

「そのくらいのこと、わたしが気《き》がつかないと思《おも》った? 先週《せんしゅう》の火曜日《かようび》、あなたがポーツマスへお出《で》かけになったあと、書斎《しょさい》の本《ほん》を全部《ぜんぶ》調《しら》べてみたわ。一さつずつ棚《たな》からとり出《だ》して、ふってみたけど、なにも出《で》てこなかったのよ」

エドワードは、ため息《いき》をついた。それから立《た》ちあがり、なんの役《やく》にも立《た》たない客《きゃく》を、なんとか追《お》い帰《かえ》そうとした。

「わたしたちのために、こんなに遠《とお》くまできていただいて、お礼《れい》の言葉《ことば》もありません。せっかくのお骨折《ほねお》りがむだになってしまったのは、すべてわたしたちのせいです。いま車《くるま》を呼《よ》べば、三時半《じはん》の上《のぼ》りの列車《れっしゃ》をつかまえられます――」

「でも、お金《かね》がまだ見《み》つかっていないんじゃない？　あきらめることはありませんよ、ロシータさん。〝最初《さいしょ》に成功《せいこう》しなかったら、何度《なんど》でもくりかえせ〟って言《い》うでしょう」とミス・マープルは言《い》った。

「すると、あなたはまだ――おやりになるつもりですか？」

「厳密《げんみつ》に言《い》ったら、まだはじめていませんよ。ビートン夫人《ふじん》が自分《じぶん》のお料理《りょうり》の本《ほん》の中《なか》で言《い》ってるように。〝最初《さいしょ》にウサギをつかまえること〟――あの本《ほん》は、お値段《ねだん》の高《たか》いのが欠点《けってん》だけど、とてもよく書《か》けている本《ほん》よ。それぞれの料理法《りょうりほう》がたいてい〝一クォートのクリームと一ダースのタマゴを用意《ようい》して〟という同《おな》じ文句《もんく》ではじまるの。ええと、なんの話《はなし》だったかしら？　そう、ビートン夫人《ふじん》の言葉《ことば》ね。最初《さいしょ》にウサギをつかまえること――そのウサギが、こんどの場合《ばあい》、マシューおじさんの性格《せいかく》ってことよ。この性格《せいかく》だと、お金《かね》をどんなところにかくすかなと考《かんが》えるのが最《さい》初《しょ》よ。とても単純《たんじゅん》なことだわ」

「単純《たんじゅん》？」カーミアンはたずねた。

「ええ、そうよ。おじさんがなにをしたか、わたしには確信《かくしん》があるわ。

ひみつの引《ひ》き出《だ》し――それがわたしの結論《けつろん》なの」

エドワードは、そっけなく言《い》った。

「そんなひみつの引《ひ》き出《だ》しに、金塊《きんかい》がいくつもはいるものですか」

「そう、もちろんはいらないわ。でも、お金《かね》は金塊《きんかい》だとはかぎらないでしょう」

「おじはいつも、金塊《きんかい》だと話《はな》していましたが……」

「それは、わたしのヘンリーおじの金庫《きんこ》と同《おな》じでしょう！　いつも言《い》っておられたと聞《き》いて、わたしはそれが煙幕《えんまく》だろうと確信《かくしん》したの。もしそれがダイヤモンドだとしたら、どんな引《ひ》き出《だ》しにだって、かんたんにはいるわ」

「でも、わたしたちは、ひみつの引《ひ》き出《だ》しを全部《ぜんぶ》調《しら》べました。わざわざ戸棚《とだな》づくりの職人《しょくにん》を呼《よ》んで、家中《いえじゅう》の家具《かぐ》を一つのこらず調《しら》べさせたんです」

「まあ、そうだったの？　それはよかったわ。でもわたしだったら、おじさまがふだん使《つか》っていたつくえを、まっ先《さき》に調《しら》べてみたでしょうね。あのかべにむけてある、背《せ》の高《たか》い書《か》き物《もの》づくえよ」

「では、見《み》ていただきましょう」

カーミアンは、つくえに近《ちか》より、おおいぶたを引《ひ》きおろした。中《なか》には分類箱《ぶんるいばこ》と小《ちい》さな引《ひ》き出《だ》しがならんでいた。カーミアンは、さらに中央《ちゅうおう》の小《ちい》さなとびらをあけて、左《ひだり》がわの引《ひ》き出《だ》しについているスプリングにさわった。すると、中央《ちゅうおう》のくぼみの底《そこ》が、音《おと》を立《た》てて前方《ぜんぽう》へ動《うご》いた。それをカーミアンが、すばやく抜《ぬ》きとると、浅《あさ》いくぼみがあらわれた。だが、その二重底《にじゅうぞこ》にはなにもはいっていなかった。

「まあ、なんてよくにてるのかしら」ミス・マープルがさけんだ。「ヘンリーおじも、これとそっくりのつくえを持《も》っていました。あちらはクルミ材《ざい》で、こちらはマホガニーですけど」

「どちらにしろ」カーミアンが言《い》った。「ごらんのとおり、なにもはいっていません」

「予想《よそう》どおりだわ」ミス・マープルは言《い》った。

「あなたがたが呼《よ》んだ家具職人《かぐしょくにん》は、若《わか》い人《ひと》だったでしょう？　よくわかっていないのよ。最近《さいきん》のかくし戸棚《とだな》は、とても念入《ねんい》りなしかけになっていますす。ひみつの場所《ばしょ》には、もう一つひみつがかくれているものよ」

ミス・マープルは、きちんとたばねた灰色《はいいろ》の髪《かみ》から、ヘアピンを一本《いっぽん》抜きとった。それをまっすぐにのばすと、かくし戸棚の横にある、小《ちい》さな虫《むし》くいのあなと見《み》えるところにさしこんだ。すこしかたことさせていると、小《ちい》さな引《ひ》き出《だ》しがあらわれた。そこには、色《いろ》あせた手紙《てがみ》のたばと、折《お》りたたんだ紙片《しへん》が一枚《いちまい》はいっていた。

エドワードとカーミアンは、同時《どうじ》にとびあがった。

エドワードが、ふるえる指《ゆび》で紙片《しへん》をひろげた。しかし、すぐ失望《しつぼう》のさけびをあげて、その紙片《しへん》を投《な》げすてた。

「料理《りょうり》のレシピじゃないか、ベイクド・ハムの！」

カーミアンは手紙《てがみ》をたばねたリボンをほどいた。その一通《いっつう》を抜《ぬ》き出《だ》し、目《め》をとおしてさけんだ。

「ラブレターだわ！」

年《とし》よりのいたずら

ミス・マープルは、ヴィクトリア朝時代《ちょうじだい》の人間《にんげん》らしいよろこびかたを見《み》せた。

「おもしろいものが出《で》てきたわね！　それでたぶん、あなたがたのおじさまが結婚《けっこん》しなかった理由《りゆう》がわかるでしょう」

カーミアンは、大《おお》きな声《こえ》で読《よ》みはじめた。

愛《あい》するマシューーさま。

あなたからお手紙《てがみ》をいただいてからというもの、時間《じかん》がたつのが長《なが》く感《かん》じられてしかたありません。自分《じぶん》に割《わ》り当《あ》てられた仕事《しごと》に熱中《ねっちゅう》したり、世界《せかい》の国々《くにぐに》をたくさん見《み》てあるけるのは、ほんとうにしあわせだと自分《じぶん》に言《い》い聞《き》かせていますが、最初《さいしょ》アメリカへわたったときは、このような遠《とお》い島々《しまじま》まで旅行《りょこう》することになろうとは、夢《ゆめ》にも思《おも》いませんでした。

カーミアンは言葉《ことば》を切《き》った。「この手紙《てがみ》、どこからきたのかしら？まあ、ハワイだわ！」そう言《い》ってから、さらに読《よ》みつづけた。

この島《しま》では、いまだに先住民《せんじゅうみん》たちが、文明《ぶんめい》の光《ひかり》から遠《とお》くはなれた生活《せいかつ》を送《おく》っています。みんな衣服《いふく》をまとわず、泳《およ》いだり、踊《おど》ったり、花輪《はなわ》で身《み》を飾《かざ》ったりして、一日《いちにち》のほとんどをすごしているのです。グレイさんは何人《なんにん》かの島民《とうみん》を、キリスト教《きょう》に改宗《かいしゅう》させましたが、しかしそれはきわめてむずかしい使命《しめい》であり、グレイさんはもちろんグレイ夫人《ふじん》も、最近《さいきん》では悲観的《ひかんてき》になっているようです。わたしはグレイさんを元気《げんき》づけようと、あらゆる努力《どりょく》をしているのですが、しばしばわたし自身《じしん》が暗《くら》く、悲《かな》しい気分《きぶん》におちいってしまいます。恋《こい》する心《こころ》にとって、相手《あいて》が遠《とお》くはなれていることは、きびしい試練《しれん》なのです。あなたがお手紙《てがみ》で、変《か》わらぬ愛《あい》をちかってくださるときだけ、わたしは深《ふか》いよろこびにひたることができます。そして同時《どうじ》に、終始《しゅうし》変《か》わらぬ愛《あい》と誠《まこと》を、マシューさま、あなたにおちかいするのです――。

心《こころ》からあなたを愛《あい》する

ベティ・マーティン

追伸《ついしん》――この手紙《てがみ》は、いつもと同《おな》じように、わたしたちの共通《きょうつう》の友人《ゆうじん》マティルダ・グレイブズあての手紙《てがみ》に、同封《どうふう》しておきます。

このからくりを神《かみ》さまがおゆるしくださいますように。

エドワードが口笛《くちぶえ》を吹《ふ》いた。

「女《おんな》からの手紙《てがみ》だ！　マシューおじさんのロマンスだよ。この二人《ふたり》は、どうして結婚《けっこん》しなかったんだろう？」

「この女《おんな》の人《ひと》は、世界中《せかいじゅう》をまわっていたようだわ」カーミアンは、ほかの手紙《てがみ》にも目《め》をとおしながら言《い》った。「これはモーリシャスから――ほかの手紙《てがみ》もみんな未開《みかい》の場所《ばしょ》からのものばかりよ。たぶんこの人《ひと》は黄熱《おうねつ》病《びょう》かなにかで亡《な》くなったんでしょう」

くすくすわらう声《こえ》がしたので、若《わか》い二人《ふたり》はびっくりした。ミス・マープルが一人《ひとり》で、おもしろがっていた。

「なるほど、なるほど、そういうわけだったの」

ミス・マープルは、ベイクド・ハムの調理法《ちょうりほう》を読《よ》んでいたのだった。若《わか》い二人《ふたり》の問《と》いただすような視線《しせん》に気《き》づくと、ミス・マープルは声《こえ》を出《だ》して読《よ》みはじめた。

「ベイクド・ハムとホウレンソウの取《と》りあわせ料理《りょうり》。まずベーコンの厚《あつ》切《ぎ》れに香味料《こうみりょう》をつめ、黒砂糖《くろざとう》をまぶします。それをオーヴンにいれ、よわ火《び》でゆっくり焼《や》き、裏《うら》ごししたホウレンソウをそえて出《だ》します。あなたがた、この料理《りょうり》をどう思《おも》う？」

「まずそうな料理《りょうり》ですね」エドワードが言《い》った。

「そうでもないわ。あんがい、おいしいかもしれないわよ。でも、わたしがたずねているのは、これ全体《ぜんたい》をどう考《かんが》えるかということ」

とつぜんエドワードの顔《かお》に光《ひかり》がさした。

「これ暗号《あんごう》ですか？　ひみつの通信《つうしん》の？」その紙片《しへん》をつかんでエドワードはさけんだ。「カーミアン、わかったよ！　それにちがいない！　そうでなければ、ひみつの引《ひ》き出《だ》しに料理法《りょうりほう》を書《か》いた紙片《しへん》なんか、いれておきやしないよ！」

「そのとおりよ」ミス・マープルはうなずいた。「とても深《ふか》い意味《いみ》があるわ」

カーミアンは言《い》った。「そうよ、きっとそうよ――見《み》えないインクを使《つか》ったあぶり出《だ》しよ！　あぶってみましょう。電気《でんき》ストーブのスイッチをいれて」

エドワードは、言《い》われるままにしてみたが、紙片《しへん》に文字《もじ》がうきあがってくるようすはなかった。

ミス・マープルは、せきばらいをした。

「あなたがたは、問題《もんだい》をむずかしくするくせがあるわね。このレシピは、いわば一つの道《みち》しるべにしかすぎないわけで、意味《いみ》があるのは手紙《てがみ》のほうよ」

「手紙《てがみ》？」

「とくに」ミス・マープルは言《い》った。「その署名《しょめい》――」

だがエドワードは、あとの言葉《ことば》を聞《き》かずにさけびだした。

「カーミアン！　これを見《み》ろ！　マープルさんの言《い》うとおりだ。封筒《ふうとう》はとても古《ふる》いが、手紙《てがみ》そのものはあとで書《か》いたものだ」

「そのとおりよ」ミス・マープルが言《い》った。

「手紙《てがみ》は、わざと古《ふる》く見《み》せかけてある。マシューおじが、自分《じぶん》で書《か》いたものにちがいないと思《おも》うな――」

「そのとおり」ミス・マープルは言《い》った。

「これ全体《ぜんたい》が、いんちきなんだ。女性伝道師《じょせいでんどうし》なんていやしない。暗号《あんごう》にちがいないんだ」

「まあ、まあ、あなたがた、そんなにむずかしく考《かん》える必要《ひつよう》はないのよ。あなたがたのおじさまは、とても単純《たんじゅん》な人《ひと》で、ちょっといたずらをしたかっただけ――すべてジョークだわ」

そのときはじめて、カーミアンとエドワードは、ミス・マープルの言《こと》葉《ば》を真剣《しんけん》に聞《き》く気《き》持《も》ちになった。

「そうおっしゃるのは、どういう意味《いみ》ですか、マープルさん？」カーミアンがたずねた。

「つまり、あなたがた自身《じしん》が、現在《げんざい》その手《て》にお金《かね》をつかんでいるっていうことですよ」

カーミアンは、自分《じぶん》の手《て》を見《み》おろした。

「署名《しょめい》をごらんなさい。それがすべてを説明《せつめい》しているわ。レシピは、そのことを注意《ちゅうい》しているだけよ。香味料《こうみりょう》とか砂糖《さとう》とか、そんな余分《よぶん》なものを捨《す》てたら、なにがのこるでしょう？　ベーコンとホウレンソウよ！〝ベーコンとホウレンソウ〟どういう意味《いみ》か、おわかり？〝ナンセンス〟の隠語《いんご》なのよ。そこから、おじさまが亡《な》くなる前《まえ》の動作《どうさ》を考《かんが》えてごらんなさい。目《め》をたたいたと言《い》ったわね。それよ、それこそがあなたたちが解《と》こうとしている問題《もんだい》のかぎなのよ！」

カーミアンは言《い》った。

「わたしたちがおかしいのか、それともあなたがおかしいのかしら？」

「あなたがたも聞《き》いたことがあると思《おも》うけど、イギリスには、ほんとうでないことをしめす表現《ひょうげん》があるのよ。いまの人《ひと》たちは、もう使《つか》わなくなってしまったのかしら？　〝わたしの目《め》とベティ・マーティン〟という言《い》いかた。これもまた〝ナンセンス〟をあらわす意味《いみ》なのよ」

エドワードは、あっと息《いき》をのみ、にぎりしめていた手紙《てがみ》を見《み》た。

「ベティ・マーティン――」

「そうよ、ロシータさん。そんな女《おんな》は、どこにもいやしないのよ。その手紙《てがみ》は全部《ぜんぶ》、あなたがたのおじさまが書《か》いたものなのよ。一人《ひとり》で、うれしそうにくすくすわらいながら、手紙《てがみ》を書《か》いているおじさまの顔《かお》つきが、目《め》にうかぶようだわ！　あなたのおっしゃるとおり、手紙《てがみ》にくらべて封《ふう》筒《とう》はとても古《ふる》いものなの――つまり封筒《ふうとう》がこの手紙《てがみ》のものでないってことよ。消印《けしいん》を見《み》たらわかるでしょう。一八五一年《ねん》になっていますよ」

ミス・マープルは、いったん言葉《ことば》を切《き》った。それから、さらに力《ちから》をこめて言《い》った。

「一八五一年《ねん》。これがなにもかも、すべてを物語《ものがた》っているのよ」

「ぼくはわかりません」エドワードが言《い》った。

「そうでしょうね」ミス・マープルは言《い》った。

「わたしだって、もしおいのライオネルがいなかったら、知《し》らなかったことだわ。あの年《とし》ごろの子《こ》どもには、郵便切手《ゆうびんきって》マニアが多《おお》いのね。ライオネルもその一人《ひとり》で、切手《きって》のことならなんでも知《し》っているのよ。あるとき、あの子《こ》が話《はな》してくれたわ。きわめてめずらしい、高価《こうか》な切手《きって》が発見《はっけん》されて、競売《きょうばい》に出《だ》されたって話《はなし》なの。いまでもおぼえているけど、一枚《いちまい》は一八五一年《ねん》の青《あお》二セント切手《きって》で、なんと二万五千《にまんごせん》ドルで売《う》れたんですって！　おどろいたわね。それが、この切手《きって》なのよ。ほかの封筒《ふうとう》にはってある切手《きって》も、めずらしくて高価《こうか》なものばかりだと思《おも》うわ。おじさまは業者《ぎょうしゃ》を通《つう》じて、これらの切手《きって》を買《か》いいれると、そのことを人《ひと》に知《し》られないように気《き》をつけて、かくしたってわけね。まるで探偵小説《たんていしょうせつ》に出《で》てくる手口《てぐち》みたいじゃないの」

エドワードは、うなり声《ごえ》をあげてすわりこみ、両手《りょうて》で顔《かお》をおおった。

「どうしました？」

ミス・マープルがたずねた。

「なんでもありません。ただ、考《かんが》えただけでぞっとしたのです。もし、ミス・マープルがおいでにならなければ、ぼくたちはこの手紙《てがみ》をみんな燃《も》やしてしまったでしょう。それがおじに対《たい》する好意的《こういてき》で、紳士的《しんしてき》な方法《ほうほう》だと思《おも》って――」

「そうよね」ミス・マープルはうなずいた。

「それが年《とし》よりのわるいところよ。いたずら好《す》きで、その危険《きけん》にちっとも気《き》がつかない。わたしのヘンリーおじにも、同《おな》じようなところがありました。ある年《とし》、かわいがっていためいに、クリスマスプレゼントだといって、五ポンドのお札《さつ》をおくったの。ところが、いつものいたずら心《ごころ》から、お札《さつ》をクリスマスカードの間《あいだ》にはさんで、ゴムではりあわせ、その上《うえ》にこう書《か》いたの。〝愛《あい》する者《もの》の幸福《こうふく》を祈《いの》ります。残念《ざんねん》ながら、今年《ことし》はこれしかあげられません〟

かわいそうなめいは、期待《きたい》をうらぎられて、おじのけちくささに腹《はら》を立《た》てて、カードをそのまま火《ひ》に投《な》げこんでしまったの。それでおじは、もう一度《いちど》めいにおくりものをしなければならなくなって——」

しかし、ヘンリーおじに対《たい》するエドワードの気持《きも》ちは、すっかりちがったものに変《か》わっていた。

「マープルさん」エドワードは言《い》った。「シャンペンをとりよせますから、あなたのヘンリーおじさんの冥福《めいふく》を祈《いの》って、みんなで乾杯《かんぱい》しましょう」

巻《まき》尺《じゃく》殺《さつ》人《じん》事《じ》件《けん》

おもな登場人物《とうじょうじんぶつ》

ミス・マープル……ロンドン郊外《こうがい》のセント・メアリ・ミード村《むら》で暮《く》らす老婦人《ろうふじん》。
スペンロー夫人《ふじん》……セント・メアリ・ミード村《むら》の住人《じゅうにん》。
アーサー・スペンロー……スペンロー夫人《ふじん》の夫《おっと》。
ミス・ポリット……婦人服《ふじんふく》の仕立屋《したてや》。
ミス・ハートネル……セント・メアリ・ミード村《むら》の住人《じゅうにん》。
テッド・ジェラード……セント・メアリ・ミード村《むら》の牧師助手《ぼくしじょしゅ》。
メルチェット大佐《たいさ》……マッチ・ベナム署《しょ》の警察署長《けいさつしょちょう》。
スラック警部《けいぶ》……マッチ・ベナム署《しょ》の刑事《けいじ》。
ポーク巡査《じゅんさ》……セント・メアリ・ミード村《むら》の警察官《けいさつかん》。

ものしずかな男《おとこ》

ミス・ポリットはノッカーをつかんで、別荘《べっそう》のドアをしずかにたたいた。しばらく間《あいだ》をおいてから、もう一度《いちど》たたいた。そのひょうしに、左腕《ひだりうで》にかかえたつつみが、ずり落《お》ちそうになり、かかえなおした。つつみの中身《なかみ》は、スペンロー夫人《ふじん》から注文《ちゅうもん》を受《う》けたグリーンの冬服《ふゆふく》だった。きょうは、その仮《か》りぬいにきたのだ。左手《ひだりて》にぶらさげている黒絹《くろきぬ》のバッグに、巻尺《まきじゃく》、針山《はりやま》、大型《おおがた》のたちばさみがはいっていた。

ミス・ポリットは、やせて、背《せ》が高《たか》く、とがった鼻《はな》に、あついくちびる、そして鉄灰色《てつはいいろ》の髪《かみ》をした女《おんな》だった。三度《さんど》めのノックをしようとして、ちょっとためらい、道路《どうろ》のほうに目《め》をやると、いそぎ足《あし》で近《ちか》づいてくる女《おんな》が見《み》えた。ミス・ハートネルだった。年齢《ねんれい》は五十五歳《さい》。日焼《ひや》けした陽《よう》気《き》な顔《かお》で、いつものように太《ふと》い声《こえ》で呼《よ》びかけてきた。

「こんにちは、ポリットさん！」

婦人服《ふじんふく》の仕立《した》て屋《や》は答《こた》えた。「こんにちは、ハートネルさん」その声《こえ》はひどく細《ほそ》くて、しとやかだった。ミス・ポリットは若《わか》いころ、ある屋《や》敷《しき》で女主人《おんなしゅじん》のメイドをしていたのだ。

「すみませんが――スペンロー夫人《ふじん》が家《いえ》にいらっしゃるかどうか、ごぞんじありませんか？」

「さあ、わかりませんねえ」ミス・ハートネルは言《い》った。

「へんですわ。きょうの午後《ごご》、新《あたら》しい服《ふく》の仮《か》りぬいにうかがうおやくそくをしたんです。奥《おく》さまは三時半《じはん》がいいとおっしゃったのに」

ミス・ハートネルは腕時計《うでどけい》を見《み》た。「三時半《じはん》ちょっとすぎてるけど」

「ええ、二度《にど》ノックしましたが返事《へんじ》がありません。スペンロー夫人《ふじん》は、やくそくをお忘《わす》れになって、お出《で》かけになったのかしらと思《おも》っていたところです。でもやくそくをお忘《わす》れになるようなかたじゃありません。それにあさって、このドレスを着《き》たいとおっしゃってましたし」

ミス・ハートネルは門《もん》をはいって、ラバーナム荘《そう》の玄関前《げんかんまえ》に、ミス・ポリットとならんで立《た》った。

「どうしてグラディスが出《で》てこないのかしら?」ミス・ハートネルは言《い》った。「あっ、そうだ、きょうは木曜日《もくようび》――グラディスの休《やす》みの日《ひ》よ。きっと、スペンロー夫人《ふじん》はいねむりをしているんだわ。あなたのノックの音《おと》が小《ちい》さすぎたのよ」

ミス・ハートネルは自分《じぶん》でノッカーをつかむと、思《おも》いきり音《おと》を立《た》て、さらにドアの羽目板《はめいた》を手《て》でたたき、大声《おおごえ》でさけんだ。

「だれかいないの？」

返事《へんじ》はなかった。

ミス・ポリットはつぶやいた。「やはり忘《わす》れてお出《で》かけになったんでしょう。また出《で》なおしてきます」そして門《もん》のほうへあるきかけた。

「そんなことないわ」ミス・ハートネルは強《つよ》い口調《くちょう》で言《い》った。「出《で》かけていたら、あたしとどこかで会《あ》っているはずよ。窓《まど》からのぞいてみましょう。生《い》きている人間《にんげん》はいないのかな？」きっと、いたずら半分《はんぶん》で、わざと返事《へんじ》をしないのだと、ミス・ハートネルはいつものように大声《おおごえ》でわらいながら、とりあえず玄関《げんかん》わきの窓《まど》ガラスに目《め》をあてた。玄《げん》関《かん》わきの部屋《へや》は、めったに利用《りよう》されていなかった。日《ひ》ごろスペンロー夫《ふ》妻《さい》は好《この》んで奥《おく》の居間《いま》をつかっていた。

しかし、とりあえずのぞいただけで、ミス・ハートネルのじょうだんは事実《じじつ》となった。たしかに生《い》きている人間《にんげん》はいなかった。暖炉《だんろ》の前《まえ》の敷《しき》物《もの》にスペンロー夫人《ふじん》が倒《たお》れているのが、ガラス窓《まど》ごしに見《み》えたが——すでに息絶《いきた》えていたのだった。

「もちろん」あとになって、ミス・ハートネルは、そのときのいきさつを語《かた》った。

「わたしはなんとか気《き》をしずめることができたけど、あのポリットさんときたら、すっかりとりみだして、なにをどうすればいいのかわからないしまつよ。そこでわたしは言《い》ってやったわ。『しっかりしなさい。わたしはポーク巡査《じゅんさ》を呼《よ》んでくるから、あなたはここにいなさい』そういうと、あの人《ひと》ったら一人《ひとり》になりたくないなんて泣《な》き声《ごえ》になったけど、そんな場合《ばあい》じゃないわ。ああいう人《ひと》には断固《だんこ》たるたいどをとらなけりゃだめよ。やたらに大《おお》さわぎするだけなんだから。それでわたしが巡査《じゅんさ》を呼《よ》びにいこうとしたら、ちょうどそのとき、スペンローさんが家《いえ》の角《かど》をまがってやってきたの」

ここでミス・ハートネルは、いみありげに口《くち》をとじた。聞《き》き手《て》たちは息《いき》を殺《ころ》してたずねた。

「ご主人《しゅじん》、どんなようすだった?」

そこでミス・ハートネルはおもむろに話《はなし》をつづけた。

「正直《しょうじき》なところ、わたしは『おやっ』と思《おも》ったわ。だってあまりにも冷《れい》静《せい》なんですもの。わたしの話《はなし》を聞《き》いても平気《へいき》なのよ。自分《じぶん》の奥《おく》さんが死《し》んだと聞《き》いて、びっくりしないなんて、人間《にんげん》としておかしいじゃないの」

その発言《はつげん》には、だれもがうなずいた。

警察《けいさつ》もおなじ見《み》かたで、スペンローの無関心《むかんしん》なたいどをあやしんだ。すぐさま妻《つま》の死《し》が夫《おっと》のスペンローに、どんなえいきょうを与《あた》えるかを調《ちょう》査《さ》した。そしてつぎの事実《じじつ》が明《あき》らかになった。スペンローの事業《じぎょう》にはスペンロー夫人《ふじん》が資金《しきん》を出《だ》していること、結婚直後《けっこんちょくご》につくられた遺言書《ゆいごんしょ》で、夫人《ふじん》の資産《しさん》はぜんぶ夫《おっと》のものになることがわかり、スペンローに対《たい》するうたがいがさらに深《ふか》まった。

牧師館《ぼくしかん》のとなりに住《す》んでいて、顔《かお》はやさしいが口《くち》にとげがあるというひょうばんの老婦人《ろうふじん》、ミス・マープルのもとには、事件《じけん》が発見《はっけん》されてから三十分《ぷん》とたたないうちに、警察《けいさつ》が事情《じじょう》を聞《き》きにきた。ポーク巡査《じゅんさ》はもったいぶって手帳《てちょう》をとり出《だ》した。「おさしつかえなければ奥《おく》さん、二、三お聞《き》きしたいことがあるんです」

ミス・マープルは言《い》った。

「スペンロー夫人《ふじん》が殺《ころ》されたことについてですか？」

ポーク巡査《じゅんさ》はおどろいた。

「奥《おく》さん、どうしてそれを？」

「お魚《さかな》よ」ミス・マープルは答《こた》えた。

その返事《へんじ》はポーク巡査《じゅんさ》にもよくわかった。おしゃべりな魚屋《さかなや》が、このニュースも夕食用《ゆうしょくよう》の魚《さかな》といっしょに配達《はいたつ》したのだろう。

ミス・マープルは、おだやかに話《はなし》をつづけた。

「居間《いま》の床《ゆか》にたおれていたんですってね——細《ほそ》いベルトのようなもので首《くび》をしめられて。でも、それは持《も》ち去《さ》ったらしくて、のこっていなかった」

ポーク巡査《じゅんさ》の顔《かお》は、かんかんにおこっていた。「フレッドのやつ、どうしてそんなことまでみんなに——」

ミス・マープルは、たくみに話《はなし》をそらせて言《い》った。「あなたの制服《せいふく》にピンがついているわ」

ポーク巡査《じゅんさ》は下《した》を見《み》てびっくりした。

「ピンを見《み》たら、ひろっておけ。その日一日《ひいちにち》運《うん》がいい——ってよく言《い》いますね」

「ほんとにそうなるといいわね。それで、わたしはなにをお話《はな》しすればいいのかしら？」

ポーク巡査《じゅんさ》はせきばらいをすると、もったいぶって手帳《てちょう》をのぞきこんだ。「被害者《ひがいしゃ》の夫《おっと》アーサー・スペンローの供述《きょうじゅつ》をとりました。それによると、二時《じ》三十分《ぷん》ごろミス・マープルから電話《でんわ》があって、相談《そうだん》したいことがあるから、三時《じ》十五分《ふん》に家《いえ》にきてくれないかと言《い》われたそうですが、それは事実《じじつ》ですか？」

「いいえ」ミス・マープルは答《こた》えた。

「二時半《じはん》にスペンローに電話《でんわ》をかけていないんですね？」

「二時半《じはん》にも、ほかの時間《じかん》にもね」

「おお」ポーク巡査《じゅんさ》はおおいに満足《まんぞく》したようすで、口《くち》ひげをなめた。

「ほかにもなにか、スペンローさんはおっしゃってましたか？」

「あなたの希望《きぼう》どおり、三時《じ》十分《ぷん》すぎに家《いえ》を出《で》て、こちらにきたそうで

す。ところがメイドからマープルさんは『おるすです』と言《い》われました」

「そこのところは事実《じじつ》です」ミス・マープルは言《い》った。「スペンローさんがここにお見《み》えになったころ、わたしは婦人会《ふじんかい》の会合《かいごう》に出席《しゅっせき》していたんです」

「おお」ポーク巡査《じゅんさ》はまたうなった。

ミス・マープルは声《こえ》をはりあげた。「ねえ、おまわりさん、スペンローさんをうたがっているの？」

「いまはだれとも、名前《なまえ》を言《い》える段階《だんかい》じゃありませんが、だれかがうまく立《た》ちまわろうと、工作《こうさく》したことはたしかですよ」

ミス・マープルは考《かんが》えこみながら言《い》った。

「スペンローさんが？」

ミス・マープルはスペンローが好《す》きだった。やせた、小《こ》がらな体《からだ》で、しゃべりかたもかたくるしいが、尊敬《そんけい》できる人物《じんぶつ》だった。このような人《じん》物《ぶつ》が、こんないなかに住《す》んでいるのがふしぎに思《おも》えた。事実《じじつ》、以前《いぜん》は大《だい》都市《とし》で生活《せいかつ》していたのだった。それがなぜいなかに引《ひ》っこむようになったのか、ミス・マープルにうちあけたことがある。「子《こ》どものころから、いつかいなかに住《す》んで園芸《えんげい》をたのしみたいと願《ねが》っていました。もともと花《はな》が大好《だいす》きなんです。ごぞんじのとおり、妻《つま》は花屋《はなや》を経営《けいえい》していました。はじめて妻《つま》に会《あ》ったのも、その店《みせ》でした」

さりげない言葉《ことば》だが、そこに当時《とうじ》の二人《ふたり》のロマンスがうかがえた。若《わか》いころのスペンロー夫人《ふじん》は、色《いろ》とりどりの花《はな》を背景《はいけい》にして、さぞ美《うつく》しく見《み》えたことだろう。

しかしほんとうのことを言《い》えば、スペンローは花《はな》についてなにも知《し》らなかった。種《たね》まき、さし木《ぎ》、苗床《なえどこ》、一年草《いちねんそう》、多年草《たねんそう》などについても、ほとんど無知《むち》だったが、ただ一つ、かおりゆたかな花《はな》が咲《さ》きみだれる小《ちい》さな別荘《べっそう》を持《も》つゆめを、思《おも》いえがいていた。そんなわけでスペンローは、園芸《えんげい》の知識《ちしき》を、もっぱら夫人《ふじん》におそわっていた。いつも熱心《ねっしん》に質問《しつもん》しては、夫人《ふじん》の答《こた》えをいちいち小《ちい》さな手帳《てちょう》に書《か》きつけるのだった。

このように、スペンローはつねにものしずかな男《おとこ》だった。スペンロー夫人《ふじん》の死体《したい》が発見《はっけん》されたとき、警察《けいさつ》がスペンローにうたがいの目《め》をむけたのは、そのためだった。警察《けいさつ》はしんぼうづよく、ねんいりにスペンロー夫人《ふじん》の過去《かこ》についての調査《ちょうさ》をおこない、たくさんのことをつきとめ――それはたちまちセント・メアリ・ミード村全体《むらぜんたい》が知《し》るところとなった。

スペンロー夫人《ふじん》は若《わか》いころ、ある大《おお》きな屋敷《やしき》で仲働《なかばたら》きのメイドをしていた。そこで庭師《にわし》の一人《ひとり》と結婚《けっこん》してメイドをやめ、ロンドンで花屋《はなや》をひらいた。店《みせ》ははんじょうしたが、夫《おっと》の庭師《にわし》は体《からだ》をわるくして、まもなく死《し》んだ。

一人《ひとり》になった夫人《ふじん》は、大胆《だいたん》に店《みせ》をひろげ、事業《じぎょう》はおもしろいように成《せい》功《こう》した。やがて夫人《ふじん》は店《みせ》を高値《たかね》で売《う》りはらい、再婚《さいこん》した。その相手《あいて》がスペンローで、当時《とうじ》親《おや》から小《ち》さな店《みせ》を引《ひ》きついだ中年《ちゅうねん》の宝石商《ほうせきしょう》だった。その後《ご》まもなく二人《ふたり》は店《みせ》を売《う》り、セント・メアリ・ミード村《むら》に引《ひ》っこむことになった。

スペンロー夫人《ふじん》は金持《かねも》ちだった。花《はな》の会社《かいしゃ》に投資《とうし》してもうけていたからだが、それについてはだれにでも——霊《れい》の指示《しじ》にしたがったおかげだと説明《せつめい》していた。

スペンロー夫人《ふじん》の投資《とうし》は、ことごとく成功《せいこう》した。なかにはあやしげなものもあったらしい。ところが夫人《ふじん》は霊媒《れいばい》や降霊会《こうれいかい》の仲間《なかま》たちから遠《とお》ざかり、つぎは呼吸法《こきゅうほう》をもとにしたインドの宗教《しゅうきょう》にむちゅうになった。それもわずかな期間《きかん》で、セント・メアリ・ミード村《むら》にうつってくると、ふたたびまともな英国教会《えいこくきょうかい》の信者《しんじゃ》となって、牧師館《ぼくしかん》へ礼拝《れいはい》にせっせとかようようになった。買《か》い物《もの》はすべて村《むら》の商店《しょうてん》ですませ、地元《じもと》のできごとにも関心《かんしん》を持《も》ち、ブリッジ*の会《かい》にも出席《しゅっせき》した。

村《むら》ではあたりまえの日常生活《にちじょうせいかつ》だった。そして——とつぜん殺《ころ》された。

警察署長《けいさつしょちょう》のメルチェット大佐《たいさ》はスラック警部《けいぶ》を呼《よ》んだ。

スラック警部《けいぶ》は積極的《せっきょくてき》な人間《にんげん》だった。いったん心《こころ》に決《き》めたら、つき進《すす》

＊ブリッジ……カードゲームの一種《いっしゅ》。

むタイプだ。その男《おとこ》が、いま確信《かくしん》していた。「夫《おっと》がやったんですよ、署《しょ》長《ちょう》」と警部《けいぶ》は言《い》った。

「そう思《おも》うか？」

「まちがいありません。見《み》ただけでわかります。この男《おとこ》ときたら、妻《つま》が死《し》んだというのにかなしそうなようすもないんです。妻《つま》が死《し》んでいるのを知《し》っていて、家《いえ》にもどってきたんですよ」

「しかしスペンローが犯人《はんにん》なら、妻《つま》を殺《ころ》されてとりみだした夫《おっと》を演《えん》じそうなものだぞ」

「あの男《おとこ》の場合《ばあい》はちがいます。うれしさをおさえるのが精《せい》いっぱいなんです。それに演技《えんぎ》のできない男《おとこ》もいます。人間《にんげん》がかたすぎて」

「ほかに女《おんな》でもいるのか？」

「いまのところ、まったく発見《はっけん》できませんが、うまいぐあいにかくしているんでしょう。そのくらいの芝居《しばい》はできそうです。あの男《おとこ》、奥《おく》さんにあきがきていたようです。スペンロー夫人《ふじん》は金《かね》を持《も》っていました。でもいつもなんとか教《きょう》とか、あやしげな宗教《しゅうきょう》にこりかたまっていて、いっしょにくらすには、むずかしい女《おんな》だったんでしょう。そこで奥《おく》さんをかたづけ、あとは一人《ひとり》でのんびりくらそうと決心《けっしん》したんです」

「ああ、そんなところかもしれんな」

「ぜったい確実《かくじつ》ですよ。ねんいりに計画《けいかく》を立《た》てて、まずは、電話《でんわ》がかかってきたふりをして——」

メルチェット署長《しょちょう》が口《くち》をはさんだ。「通話記録《つうわきろく》はないのか？」

「ありません。あの男《おとこ》がうそをついているのか、公衆電話《こうしゅうでんわ》からの電話《でんわ》なのか、どちらかですよ。村《むら》に公衆電話《こうしゅうでんわ》は二つしかありません。駅《えき》と郵便《ゆうびん》局《きょく》だけです。そのうち、郵便局《ゆうびんきょく》でかけられたものでないことはたしかです。いつもそこでブレイド夫人《ふじん》が、だれがはいってくるか見《み》ているんですから。可能性《かのうせい》があるとすれば駅《えき》でしょう。二時二十七分《ふん》の列車《れっしゃ》が到着《とうちゃく》すると、多少人《たしょうひと》の出入《でい》りがあります。しかし重要《じゅうよう》なのは、スペンローが電話《でんわ》をかけてきたのは、ミス・マープルだと言《い》っていることです。調査《ちょうさ》してみると、それは事実《じじつ》でないことがわかりました。電話《でんわ》はミス・マープルの家《いえ》からかけられたものではありません。ミス・マープル本人《ほんにん》は、その時間《じかん》に婦人会館《ふじんかいかん》の会合《かいごう》に出《で》ていたんです」

「スペンローはおびき出《だ》されたのかもしれないぞ――スペンロー夫人《ふじん》の命《いのち》をねらった何者《なにもの》かに――それを見《み》のがしてはいかんな」

「テッド・ジェラードという若《わか》い男《おとこ》のことをお考《かんが》えですね？　もちろん調査《ちょうさ》しました。しかしわれわれはかべにぶつかりました。あの青年《せいねん》には動機《どうき》がありません。スペンロー夫人《ふじん》が死《し》んでも、なんの利益《りえき》もないのです」

「しかしテッドは感心《かんしん》できない男《おとこ》のようだぞ。主人《しゅじん》の金《かね》をたびたびごまかして自分《じぶん》のものにしていたと聞《き》いている」

「たしかにテッドは悪党《あくとう》です。しかし主人《しゅじん》にすっかり白状《はくじょう》しています。それも主人《しゅじん》がまだなにも気《き》づかないうちにです」

「オックスフォードグループ*のメンバーだったな」署長《しょちょう》は言《い》った。

「ええ、一時《いちじ》は加入《かにゅう》していましたが、改宗《かいしゅう》してとつぜんまともな人間《にんげん》になり、主人《しゅじん》の金《かね》をくすねたことを告白《こくはく》したわけです。ただし、抜《ぬ》け目《め》の

＊オックスフォードグループ……宗教運動《しゅうきょううんどう》の一つ。

ない偽装工作《ぎそうこうさく》だと見《み》えないこともありません。自分《じぶん》がうたがわれているのに気《き》づいて、改心《かいしん》したところを見《み》せれば有利《ゆうり》になると考《かんが》えたのです」

「きみもうたぐりぶかい男《おとこ》だな、スラック」メルチェット大佐《たいさ》は言《い》った。

「それはそうと、ミス・マープルとは話《はな》してみたか？」

「あのおばあさんが、これとどんな関係《かんけい》があるんです、署長《しょちょう》？」

「いや、べつにないさ。でもミス・マープルはいろいろなことを聞《き》いている。家《いえ》までいって話《はな》しあってみたらどうだ？　おそろしく頭《あたま》のするどい老婦人《ろうふじん》だよ」

スラックは話題《わだい》を変《か》えた。「ひとつ、うかがっておきたいことがあります。被害者《ひがいしゃ》は最初《さいしょ》メイドをしていました。ロバート・アバークロンビー卿《きょう》の屋敷《やしき》です。かつて、この屋敷《やしき》に宝石《ほうせき》どろぼうがはいって、エメラルドをかなりぬすみとる事件《じけん》がありました。この犯人《はんにん》はいまだにつかまっておりません。わたしはこの事件《じけん》をずっとしらべていて、気《き》づいたんですが、事件《じけん》がおきたのは、スペンロー夫人《ふじん》がメイドとしてつとめていたころなんです。当時《とうじ》はまだスペンロー夫人《ふじん》も若《わか》いむすめだったわけですが、この事件《じけん》に関係《かんけい》があったと思《おも》いませんか？　ごぞんじのようにスペンローは小《ち》さいながら宝石商《ほうせきしょう》の店《みせ》を経営《けいえい》していました。盗品《とうひん》を買《か》いとったのかもしれません」

メルチェット大佐《たいさ》は首《くび》をふった。「それは考《かんが》えすぎだろう。当時《とうじ》被害者《ひがいしゃ》は、まだスペンローのことなど知《し》りもしなかったんだ。あの事件《じけん》なら、わたしもおぼえている。警察当局《けいさつとうきょく》では、アバークロンビー卿《きょう》のむすこが犯人《はんにん》だという意見《いけん》が強《つよ》かった。ジム・アバークロンビーは金《かね》づかいの荒《あら》い青年《せいねん》だった。そのころ借金《しゃっきん》を山《やま》ほどこしらえていたのに、事件後《じけんご》きれいにかえした。どこかの金持《かねも》ちの女《おんな》が肩《かた》がわりをしたといううわさだったが、真相《しんそう》はわからずじまいだった。アバークロンビー卿《きょう》が非協力的《ひきょうりょくてき》で——警察《けいさつ》の捜査《そうさ》をやめさせようと手《て》をうったからだ」

「そこがくさいですね」スラック警部《けいぶ》は言《い》った。

一本《いっぽん》の針《はり》

ミス・マープルはスラック警部《けいぶ》を満足《まんぞく》そうにむかえた。そしてメルチェット署長《しょちょう》から派遣《はけん》されてきたと聞《き》くと、いっそうごきげんな顔《かお》になった。

「メルチェット署長《しょちょう》のお気持《きも》ちがうれしいわ。わたしをおぼえていてくださるとは知《し》りませんでした」

「忘《わす》れるものですか。セント・メアリ・ミード村《むら》におきた事件《じけん》で、あなたがごぞんじないことなら、調査《ちょうさ》する価値《かち》がないことだと言《い》ってました」

「だいぶほめられたけど、わたしはほんとになにも知《し》らないんですよ。こんどの殺人《さつじん》については——ってことだけど」

「うわさはごぞんじでしょう」

「もちろんよ——だけど、つまらないうわさをくりかえしたって、捜査《そうさ》の役《やく》には立《た》たないでしょう?」

スラック警部《けいぶ》は、あいそうよく言《い》った。

「これは公式《こうしき》な会話《かいわ》というわけじゃありません。いわば、ないしょ話《ばなし》ってとこです」

「あなたは村《むら》の人《ひと》たちがどんなことを言《い》っているか知《し》りたいわけ？　それが真実《しんじつ》であろうと、なかろうと」

「そういうことです」

「もちろん、うわさや推測《すいそく》がみだれとんでいます。それが、はっきり二つの意見《いけん》にわかれているのよ。一つは夫《おっと》が犯人《はんにん》だと考《かんが》えている人《ひと》たち。こういう事件《じけん》では、夫《おっと》とか妻《つま》とか配偶者《はいぐうしゃ》がうたがわれるのがふつうだけど――それはおわかりね？」

「そうかもしれません」スラック警部《けいぶ》は用心《ようじん》しながら言《い》った。

「一つ家《いえ》の中《なか》にいるわけですからね。つぎに話題《わだい》になっているのがお金《かね》のこと。スペンロー夫人《ふじん》がお金持《かねも》ちだって聞《き》いています。したがってスペンローさんは、奥《おく》さんが亡《な》くなれば利益《りえき》をえることになるの。このいやな世《よ》の中《なか》では、ざんねんながら一番《いちばん》むごたらしい想像《そうぞう》が、ほんとうだったということが多《おお》いんですよ」

「たしかにスペンローさんには、かなりの金《かね》がころがりこむことになりますよ」

「そうだとすれば、スペンローさんが奥《おく》さんをしめ殺《ころ》し、裏口《うらぐち》から出《で》たあと、野原《のはら》をつっきりわたしの家《いえ》をおとずれ、電話《でんわ》をもらったふりをして面会《めんかい》をもとめ、留守《るす》ならしかたないと自宅《じたく》へひきかえして、奥《おく》さんが殺《ころ》されていたのを見《み》つけたと報告《ほうこく》する。——浮浪者《ふろうしゃ》かどろぼうのしわざに見《み》せかけて——という計画《けいかく》がいかにも、もっともらしく思《おも》えます」

スラック警部《けいぶ》はうなずいた。

「お金《かね》のことと——それに最近夫婦仲《さいきんふうふなか》がわるかったとすれば？」

だがミス・マープルは警部《けいぶ》の話《はなし》をさえぎった。「でも仲《なか》はわるくなかったのよ」

「どうしてわかります？」

「夫婦《ふうふ》げんかをしていたら、村《むら》のみんなに知《し》れわたっていたはずよ！　メイドのグラディス・ブレンドが村中《むらじゅう》にふれまわるから」

警部《けいぶ》は自信《じしん》がなさそうに言《い》った。「メイドは知《し》らなかったのかも――」

それにはミス・マープルから、あわれむようなほほえみをむけられただけだった。

ミス・マープルは話《はなし》をつづけた。「ちがう見《み》かたの人《ひと》たちもいるわ。テッド・ジェラードが真犯人《しんはんにん》だという考《かんが》え方《かた》なの。テッドはハンサムな若者《わかもの》よ。ハンサムだってことは、ふしぎなほど大《おお》きな影響力《えいきょうりょく》をおよぼしがちなの。テッドは最近《さいきん》この村《むら》の牧師助手《ぼくしじょしゅ》になったんですけど――その効果《こうか》はまさに魔法《まほう》よ！　村中《むらじゅう》のむすめがみんな教会《きょうかい》にいったわ――朝《あさ》の礼拝《れいはい》とおなじように夜《よる》の礼拝《れいはい》にまでね。それに大《おお》ぜいの年配《ねんぱい》の女性《じょせい》たちまで、急《きゅう》に教区《きょうく》の活動《かつどう》に熱《ねつ》をあげて――スリッパやスカーフが、どっさりつくられたわ。みんなテッドのためなの。若《わか》い男《おとこ》にはかえってめいわくな話《はなし》かもしれません。

ええと、どこまで話《はな》したんでしょう？　そう、そう、あの若《わか》い男《おとこ》テッド・ジェラード犯人説《はんにんせつ》だったわね。もちろん、テッドに関《かん》するうわさはありましたよ。テッドはたびたびスペンロー夫人《ふじん》に会《あ》いにいってました。スペンロー夫人自身《ふじんじしん》が、わたしに弁解《べんかい》したところだと、テッドは例《れい》のオックスフォードグループのメンバーだそうよ。宗教運動《しゅうきょううんどう》ですね。そのグループのメンバーたちは、とても誠実《せいじつ》で熱心《ねっしん》で、スペンロー夫人《ふじん》はすっかり感心《かんしん》させられたようだわ」

ミス・マープルはひといきいれて、また話《はなし》をつづけた。「テッドとスペンロー夫人《ふじん》の間《あいだ》に、それ以上《いじょう》のおつきあいがあったと信《しん》じる理由《りゆう》はなかったはずだけど、世間《せけん》の人《ひと》たちがどういうものか、あなたもごぞんじでしょう。大《おお》ぜいの人《ひと》たちが、スペンロー夫人《ふじん》があの若《わか》い男《おとこ》にのぼせあがって、たくさんのお金《かね》を貸《か》したと思《おも》いこんでいるの。それにあの日《ひ》テッドが駅《えき》ですがたを見《み》られたのは事実《じじつ》なのよ。テッドは列車《れっしゃ》に乗《の》ったわ――二時《じ》二十七分《ふん》の下《くだ》り列車《れっしゃ》にね。しかしその気《き》になれば、列車《れっしゃ》の反《はん》対《たい》がわからおりて、堀割《ほりわり》をこえ、フェンスをのりこえ、生垣《いけがき》をまわりこめば、駅《えき》の入口《いりぐち》をとおらなくても、外《そと》へ出《で》るのはかんたんですよ。スペンローさんの別荘《べっそう》へいったとしても、だれにも見《み》られなかったでしょう。それに、スペンロー夫人《ふじん》が身《み》につけていたものが奇妙《きみょう》だと、みんな思《おも》っています」

「奇妙《きみょう》というと？」

「キモノを着《き》ていたんですよ。服《ふく》じゃなくて」ミス・マープルは顔《かお》を赤《あか》らめた。「それだけのことで、あれこれかんぐる人《ひと》もいます」

「あなたもですか？」

「まさか！　わたしはキモノが自然《しぜん》だったと思《おも》います」

「自然《しぜん》の服装《ふくそう》だとお考《かんが》えですか？」

「ええ、あの状況《じょうきょう》ではね」ミス・マープルが警部《けいぶ》にむけた視線《しせん》は冷静《れいせい》で、なにかを考《かんが》えているようだった。

スラック警部《けいぶ》は言《い》った。

「それは夫《おっと》にとって殺人《さつじん》の動機《どうき》が一つふえたことですね。しっとです」

「いいえ、あのスペンローさんが、しっとなんか感《かん》じるものですか。そんなことに気《き》がつく人《ひと》ではないわ。奥《おく》さんが家出《いえで》をして、針山《はりやま》に書《か》きおきでものこしていったら、それではじめてどういうことか、気《き》がつくくらいなの」

スラック警部《けいぶ》は、ミス・マープルが自分《じぶん》を強《つよ》く見《み》つめる目《め》つきにとまどった。ミス・マープルの話《はなし》が、自分《じぶん》には理解《りかい》できないことをほのめかしているように思《おも》えた。

ミス・マープルは語気《ごき》を強《つよ》めて言《い》った。

「手《て》がかりはなにも見《み》つからなかったんですか、警部《けいぶ》――現場《げんば》で？」

「最近《さいきん》の犯人《はんにん》は指紋《しもん》やタバコの灰《はい》をのこしたりしないんですよ、マープルさん」

「だけど、これは」ミス・マープルはほのめかした。「むかしながらの犯罪《はんざい》のようね」

スラック警部《けいぶ》は、するどく言《い》った。「それはどういういみですか?」

ミス・マープルは、ゆっくりと言《い》った。

「ポーク巡査《じゅんさ》にお聞《き》きになったらいいわ。あなたの手助《てだす》けになると思《おも》うの。世間《せけん》でいう〝犯罪現場《はんざいげんば》〟に最初《さいしょ》にかけつけたのは、あの人《ひと》だそうですから」

スペンローはデッキチェアにすわっていた。かなりうろたえているように見《み》えた。細《ほそ》いが、しっかりした声《こえ》で、スペンローは言《い》った。「どんな情勢《じょうせい》になっているのか、わたしにもようやくわかってきました。耳《みみ》がむかしほどよくないので、聞《き》きちがいだったのかもしれませんが。でも小《ちい》さな少年《しょうねん》が追《お》いかけてきて、〝ねえ、クリッペン*ってだあれ？〟とたずねるのを、はっきり聞《き》いたんですよ。少年《しょうねん》はわたしが――妻《つま》を殺《ころ》した犯人《はんにん》だと思《おも》っていることを、わたしにつたえたかったのでしょう」

ミス・マープルは枯《か》れたバラの頭《あたま》を、そっと折《お》りながら言《い》った。「そうですよ、まちがいありません」

「しかし子《こ》どもの頭《あたま》に、どうしてそんな考《かんが》えが吹《ふ》きこまれたんでしょう？」

ミス・マープルはせきばらいをした。「明《あき》らかにおとなたちの意見《いけん》を

＊クリッペン……イギリスで妻《つま》を毒殺《どくさつ》したアメリカ人医師《じんいし》。

聞《き》いていたんですよ」

「では――では、ほかの人《ひと》たちもそう思《おも》っているんですか？」

「セント・メアリ・ミード村《むら》の人々《ひとびと》の半分《はんぶん》はね」

「しかし、どうしてそんな考《かんが》えがうかんだんでしょう？　わたしは妻《つま》を心《こころ》から愛《あい》していました。ざんねんなことに、妻《つま》はわたしが期待《きたい》するほど田園生活《でんえんせいかつ》になじんでくれませんでした。でもどんな夫婦《ふうふ》だって、なにもかもぴったり意見《いけん》があうなんてことはのぞめません。妻《つま》を亡《な》くしたことは、わたしにとって大《おお》きな痛手《いたで》です」

「そうでしょうね。でも、はっきり言《い》わせていただくと、あなたはあんまり悲《かな》しんでいるように見《み》えませんよ」

スペンローは、やせた体《からだ》をいっぱいにのばした。「ずいぶん前《まえ》のことですが、わたしはある中国《ちゅうごく》の哲学者《てつがくしゃ》の伝記《でんき》を読《よ》んだことがあります。この哲学者《てつがくしゃ》は愛《あい》する妻《つま》に先立《さきだ》たれました。しかしふだんとまったくおなじように、通《とお》りでどらを鳴《な》らしつづけたそうです——中国《ちゅうごく》の伝統的《でんとうてき》な娯楽《ごらく》のようですが。町《まち》の人《ひと》びとは哲学者《てつがくしゃ》の悲《かな》しみに耐《た》える気丈《きじょう》さに、深《ふか》く心《こころ》をうたれたと書《か》いてありました」

「でも」ミス・マープルは言《い》った。「セント・メアリ・ミード村《むら》の人《ひと》たちの反応《はんのう》はちがいますよ。中国《ちゅうごく》の哲学者《てつがくしゃ》のふるまいは、村人《むらびと》たちの心《こころ》をうちません」

「しかし、あなたはわかってくださるでしょう?」

ミス・マープルはうなずいた。「わたしのヘンリーおじさんも、なみはずれた自制心《じせいしん》の持《も》ちぬしでした。おじさんのモットーは〝けっして感《かん》情《じょう》をあらわすな〟だったんです。このおじも花《はな》が大好《だいす》きでしたよ」

「ずっと考《かんが》えていたんですが」スペンローは熱意《ねつい》をこめて言《い》った。「別《べっ》荘《そう》の西《にし》がわにつる棚《たな》をこしらえて、そこにピンクのバラとかフジを、はわせるんです。白《しろ》い星型《ほしがた》の小《ちい》さな花《はな》がありました。なんといったか、名《な》前《まえ》をど忘《わす》れしましたが――」

ミス・マープルは、おいの三歳《さんさい》の子《こ》に話《はな》しかけるような口調《くちょう》で言《い》った。

「とてもいいカタログがあるわ。写真《しゃしん》いりで――それをごらんになったら？　そのあいだにわたしは、村《むら》まで用《よう》たしにいってきます」

庭《にわ》にすわって、たのしそうにカタログを見《み》ているスペンローをのこして、ミス・マープルは自分《じぶん》の部屋《へや》にいき、いそいで茶色《ちゃいろ》の服《ふく》をまるめて茶色《ちゃいろ》い袋《ふくろ》につっこんだ。それを持《も》って家《いえ》を出《で》ると、いそぎ足《あし》で郵便局《ゆうびんきょく》へむかった。その二階《にかい》の借家《しゃくや》に、仕立《した》て女《おんな》のミス・ポリットが住《す》んでいた。

ミス・マープルは郵便局《ゆうびんきょく》のドアをあけたが、すぐ二階《にかい》へあがろうとはしなかった。時刻《じこく》はちょうど二時半《じはん》で、一分後《ぷんご》にマッチ・ベナム行《い》きのバスが郵便局《ゆうびんきょく》の前《まえ》にとまった。これがセント・メアリ・ミード村《むら》で、毎《まい》日《にち》くりかえされる行事《ぎょうじ》の一つだった。女性郵便局長《じょせいゆうびんきょくちょう》が小荷物《こにもつ》をいくつかかかえて、ドアからとび出《だ》していった。郵便局《ゆうびんきょく》では局長《きょくちょう》のサイドビジネスとして、おかしや安《やす》い本《ほん》、子《こ》どものおもちゃなどを売《う》っていた。

四分《ぷん》ばかりのあいだ、ミス・マープルは郵便局《ゆうびんきょく》の中《なか》で一人《ひとり》きりだった。女性局長《じょせいきょくちょう》が持《も》ち場《ば》にもどっていたのを見《み》て、はじめてミス・マープルは二階《にかい》へあがり、ミス・ポリットに、自分《じぶん》が持《も》ってきた古《ふる》い茶色《ちゃいろ》のクレープのドレスを、もっと流行《りゅうこう》のスタイルに仕立《した》てなおしてくれとたのんだ。

ミス・ポリットはやってみますとひきうけた。

警察署長《けいさつしょちょう》はミス・マープルがいきなりたずねてきたと聞《き》いてびっくりした。ミス・マープルは、しきりにあやまりながらはいってきた。

「ほんとにごめんなさい。おいそがしいのはわかっていますが、いつものご親切《しんせつ》にあまえて、うかがいました。スラック警部《けいぶ》でなく、あなたのところへきたほうがいいと思《おも》ったんですよ、メルチェット署長《しょちょう》。その一つのわけは、ポーク巡査《じゅんさ》にめいわくをかけては気《き》のどくだと思《おも》ったので。きびしく言《い》えば、ポーク巡査《じゅんさ》は現場《げんば》でなに一つ手《て》をふれてはいけなかったのです」

メルチェット署長《しょちょう》は、すこしうろたえた。

「ポーク？　あれは、たしかセント・メアリ・ミード村《むら》の巡査《じゅんさ》でしたな？　ポークがなにをしたんです？」

「針《はり》をひろったんですよ。ポーク巡査《じゅんさ》の上着《うわぎ》に針《はり》がついていました。そのとき、ふと、スペンロー夫人《ふじん》の家《いえ》でひろったにちがいないと思《おも》ったんです」

「なるほど、なるほど。しかし、たかが針一本《はりいっぽん》じゃありませんか。たしかにポークはスペンロー夫人《ふじん》の遺体《いたい》のすぐそばで、針《はり》をひろったのです。きのうここに顔《かお》を出《だ》したとき、スラックにそのことを話《はな》してましたよ――それはあなたのさし金《がね》でしたか？　もちろん現場《げんば》ではどこにも手《て》をふれてはいけないのが規則《きそく》です。でもたかが針一本《はりいっぽん》ですよ。どこにでもあるようなただの針《はり》。女性《じょせい》ならだれでもつかっている――」

「いいえ、そこがちがうのよ、メルチェット大佐《たいさ》。男性《だんせい》の目《め》には、ありふれた針《はり》に見《み》えるかもしれませんが、ちがうんです。あれは特殊《とくしゅ》な針《はり》なんです。とてもこまかくて、一本単位《いっぽんたんい》でなく、一箱単位《ひとはこたんい》で買《か》う針《はり》──もっぱら仕立屋《したてや》がつかう針《はり》ですよ」

メルチェット大佐《たいさ》はミス・マープルをじっと見《み》つめた。かすかな理解《りかい》のきざしが、その目《め》にうかびはじめた。ミス・マープルは熱《ねっ》っぽく何度《なんど》もうなずいた。

「わたしにはわかります。スペンロー夫人《ふじん》はキモノを着《き》ていました。新《あたら》しいドレスの仮《か》りぬいをするからです。夫人《ふじん》が道路側《どうろがわ》の部屋《へや》に出《で》てくると、ミス・ポリットは寸法《すんぽう》をはかるといって、夫人《ふじん》の首《くび》に巻尺《まきじゃく》を巻《ま》きつけました──そしてつぎのしゅんかん、巻尺《まきじゃく》を交差《こうさ》させて、しめあげるだけ――わけのないことだったでしょう。それからポリットさんは外《そと》へ出《で》てドアをしめ、たったいまやってきたようなふりをして、ドアをノックしたんです。でも針《はり》が、ポリットさんがすでに家《いえ》の中《なか》にはいっていたことを、証明《しょうめい》しているんです」

「するとスペンローさんに電話《でんわ》したのは、ポリットのしわざですか？」

「ええ、二時半《じはん》に郵便局《ゆうびんきょく》から電話《でんわ》したのよ――バスが到着《とうちゃく》して、郵便局《ゆうびんきょく》がからっぽになる時間《じかん》です」

メルチェット大佐《たいさ》は言《い》った。「しかし、ミス・マープル。どうしてですか？　いったいどうしてなんですか？　動機《どうき》がなければ人《ひと》は殺《ころ》せませんよ」

「そうですわ、署長《しょちょう》さん。私《わたし》が聞《き》いたことを考《かんが》えあわせると、この犯罪《はんざい》の根《ね》っこは、かなりむかしにありそうですよ。わたしは二人《ふたり》のいとこのことを思《おも》い出《だ》すんです。アントニーとゴードンです。アントニーはすることなすことみんなうまくいくのに、ゴードンは正反対《せいはんたい》で、なにをやってもうまくいかなかったんです。競馬《けいば》ははずれる、株《かぶ》は値《ね》がさがる。しまいには財産《ざいさん》をすっかりなくしてしまいました。わたしの見《み》るところ、二人《ふたり》の女性《じょせい》があの事件《じけん》で手《て》を組《く》んでいたんですよ」

「あの事件《じけん》といいますと？」

「宝石《ほうせき》どろぼうですよ。ずっとむかしの事件《じけん》ですが、あるお屋敷《やしき》で高価《こうか》なエメラルドがぬすまれました。いま考《かんが》えると、その事件《じけん》にはどうもなっとくできないところがあります。どうやらメイドと仲働《なかばたら》きのメイドが関《かん》係《けい》していたようです。仲働《なかばたら》きのメイドのほうは、庭師《にわし》と結婚《けっこん》したとき花《はな》屋《や》をひらいていますが、あの資金《しきん》はどこからきたのでしょう？　答《こた》えは盗品《とうひん》の分《わ》けまえです。仲働《なかばたら》きのメイドはすることなすことすべてうまくいきました。お金《かね》がお金《かね》を呼《よ》ぶというぐあいで、貯金《ちょきん》もふえるいっぽうでした。ところがもう一人《ひとり》のメイドのほうは、ついていなかったというか、不幸《ふこう》の連続《れんぞく》で、村《むら》の仕立女《したておんな》どまりだったのです。やがて二人《ふたり》の女《おんな》は再会《さいかい》しました。たぶん最初《さいしょ》のうちは、なにごともなかったはずです。牧師助手《ぼくしじょしゅ》のテッド・ジェラードが登場《とうじょう》するまでは――。

スペンロー夫人《ふじん》は、これまでの悪事《あくじ》を思《おも》い出《だ》すたびに良心《りょうしん》が痛《いた》み、その逃《に》げ場《ば》を宗教《しゅうきょう》にもとめていました。その夫人《ふじん》にむかって、牧師助手《ぼくしじょしゅ》が『真実《しんじつ》から顔《かお》をそむけず、洗《あら》いざらい告白《こくはく》する』ようにすすめたんでしょう。たぶんスペンロー夫人《ふじん》はその気《き》になったんですが、そうするとポリットさんがあわてて出《だ》しました。スペンロー夫人《ふじん》の告白《こくはく》によって、自分《じぶん》のどろぼうの罪《つみ》も明《あき》らかになり、刑務所《けいむしょ》へ送《おく》られてはたまらないと、不《ふ》安《あん》で頭《あたま》がいっぱいになりました。そこでスペンロー夫人《ふじん》の告白《こくはく》をストップさせる決心《けっしん》をしたのです。むかしから気持《きも》ちのねじくれた女《おんな》だったのでしょう。おひとよしのスペンローさんが無実《むじつ》の罪《つみ》で死刑《しけい》になったとしても、顔色《かおいろ》ひとつ変《か》えないと思《おも》いますよ」

メルチェット大佐《たいさ》はゆっくりと言《い》った。

「あなたの推理《すいり》を裏《うら》づけるのは――あるていど可能《かのう》です。アバークロンビー卿《きょう》の屋敷《やしき》にいたメイドが、ポリットであることは証明《しょうめい》できるでしょうが、しかし――」

ミス・マープルは大佐《たいさ》を安心《あんしん》させた。

「かんたんなことです。ポリットさんは真相《しんそう》をつきつけられたら、とたんに泣《な》きくずれるタイプですよ。そのためにわたしは、仮《か》りぬいだといってポリットさんの部屋《へや》に出《で》かけて、服《ふく》を試着《しちゃく》したとき——この巻尺《まきじゃく》をこっそり手《て》にいれてきました。これがなくなっていることに気《き》づき、警《けい》察《さつ》の手《て》にわたったのだと思《おも》ったら——無《む》知《ち》な女《おんな》のことですもの。巻尺《まきじゃく》が決《き》め手《て》となって、自分《じぶん》の犯罪《はんざい》が立証《りっしょう》されると思《おも》いこみます」

そしてなおミス・マープルは、はげますようなほほえみを大佐《たいさ》にむけた。

「心配《しんぱい》なさることはありません。わたしがうけあいます」

それは、メルチェット署長《しょちょう》が少年時代《しょうねんじだい》、陸軍士官学校《りくぐんしかんがっこう》の入学試験《にゅうがくしけん》を受《う》けたとき、大好《だいす》きだったおばが「合格《ごうかく》まちがいなしさ」と勇気《ゆうき》づけてくれたのとまったくおなじ口調《くちょう》だった。
そして署長《しょちょう》は合格《ごうかく》したのだった。

申《もう》し分《ぶん》のないメイド

おもな登場人物《とうじょうじんぶつ》

ミス・マープル……ロンドン郊外《こうがい》のセント・メアリ・ミード村《むら》で暮《く》らす老婦人《ろうふじん》。

エドナ……ミス・マープルのメイド。

グラディス・ホームズ……エドナのいとこ。スキナー姉妹《しまい》のメイドとして働《はたら》いていた。愛称《あいしょう》はグラディ。

ラヴィニア・スキナー……スキナー姉妹《しまい》の姉《あね》。

エミリー・スキナー……スキナー姉妹《しまい》の妹《いもうと》。ゆううつ症《しょう》の患者《かんじゃ》。

メアリ・ヒギンズ……スキナー姉妹《しまい》に新《あたら》しくやとわれたメイド。

ミス・ウェザビー……セント・メアリ・ミード村《むら》の住人《じゅうにん》。

スラック警部《けいぶ》……マッチ・ベナム署《しょ》の刑事《けいじ》。

わるいうわさ

「あの、奥《おく》さま、おさしつかえなければ、すこしお話《はな》ししたいのですが？」

そのたのみは、すこしおかしかった。ミス・マープルのメイドのエドナは、すでにそのとき女主人《おんなしゅじん》と話《はな》していたからだ。しかし、その言《い》いかたから、ミス・マープルはなにかを感《かん》じて、すぐ答《こた》えた。

「ああ、いいわよ、エドナ。中《なか》にはいってドアをしめなさい。なんの話《はなし》なの？」

言《い》われたとおり、エドナはドアをしめて、部屋《へや》にはいったが、エプロンのすみを指《ゆび》の間《あいだ》で折《お》っては、一《いち》、二度《にど》息《いき》をのみこんだ。

「なんなの、エドナ？」ミス・マープルはうながした。

「はい、奥《おく》さま。わたしのいとこ、グラディのことです。グラディはつとめ先《さき》をなくしてしまいました」

「おやおや、気《き》のどくに。あのむすめはたしか、オールド・ホールのミス・スキナー姉妹《しまい》のところに、おつとめしていたんだっけ？」

「はい、奥《おく》さま。そうなんです。それでグラディは気《き》が動転《どうてん》して――もうすっかりこうふんしております」

「グラディス*は、前《まえ》にもたびたびつとめ先《さき》を変《か》えたんじゃないの？」

「はい、奥《おく》さま。グラディはつとめ先《さき》を変《か》えるのがくせで、どうも腰《こし》がおちつきません。でも、奥《おく》さま、いつもはグラディのほうから、やめさせていただいておりました」

「するとこんどは、むこうからひまを言《い》いわたしたのね」ミス・マープ

＊グラディス……グラディは愛称《あいしょう》。

ルはすまし顔《がお》で言《い》った。

「そうなのです、奥《おく》さま。それでグラディは、すっかりこうふんしています」

ミス・マープルは、わずかにおどろくようすを見《み》せた。グラディスといえば、外出日《がいしゅつび》にエドナをたずねてきて、台所《だいどころ》でお茶《ちゃ》を飲《の》んでいるのを見《み》たぐらいだが、大《おお》がらで、よくわらい、ものごとに動《どう》じない、しっかりしたむすめだった。

エドナはつづけた。「奥《おく》さま、こんなことになった理由《りゆう》というのが――」

ミス・スキナーがごらんになった――」

「なんなの？」ミス・マープルは、しんぼう強《づよ》くたずねた。

「ミス・スキナーが見《み》たというのは？」

こんどはエドナも、そのニュースを順序《じゅんじょ》よく話《はな》した。

「奥《おく》さま、グラディにとっては、もうたいへんなショックです。ミス・エミリーのブローチの一つがなくなって、わめく、さけぶの大《おお》さわぎになったんです。もちろんだれだって、こんなことがおこるのはいやです。こうふんするのがあたりまえです。グラディも手《て》つだって、あらゆる場《ば》所《しょ》をさがしましたが見《み》つかりません。ミス・ラヴィニアは警察《けいさつ》へ行《い》くと言《い》い出《だ》しました。そうすると、ブローチが出《で》てきました。なんと化粧台《けしょうだい》の引《ひ》き出《だ》しの奥《おく》のほうに、おしこんであったのです。グラディも、心《こころ》よりよかったと思《おも》いました。

するとつぎの日《ひ》、お皿《さら》が一枚《いちまい》われました。それでミス・ラヴィニアは、またも大《おお》さわぎをして、グラディにひと月《つき》以内《いない》に出《で》ていけと言《い》いわたしたのです。これはお皿《さら》のためじゃないなと、グラディは感《かん》じました。ミス・ラヴィニアはお皿《さら》のことを口実《こうじつ》にしているだけで、ほんとうの理《り》由《ゆう》はブローチにある。ミス・ラヴィニアは、グラディスがブローチをぬすんだものの、警察《けいさつ》に知《し》らせると言《い》われ、返《かえ》しておいたのだと考《かんが》えているようです。でもグラディは、ぜったいにそんなことをするむすめではありません。無実《むじつ》の罪《つみ》を着《き》せられているのです。これは、奥《おく》さま、むすめにとっては重大問題《じゅうだいもんだい》です」

ミス・マープルはうなずいた。グラディスは、かっぱつで、意地《いじ》っぱりなむすめなので、あまり好感《こうかん》を持《も》てていなかったが、正直者《しょうじきもの》であることはわかっていた。そしてこの事件《じけん》がグラディスをこうふんさせたこともよく理解《りかい》できた。

エドナは、しんぱいそうに言《い》った。

「それで奥《おく》さまにおねがいしたら、なんとか解決《かいけつ》していただけるのではないかと思《おも》いまして」

「よけいな心配《しんぱい》はするんじゃないのと言《い》ってやりなさい」ミス・マープルはてきぱきと言《い》った。「グラディスがブローチをとったのでなければ——わたしは、そんなことするむすめでないと信《しん》じている——こうふんすることなんかはないわ」

「でも、うわさがすぐ広《ひろ》まってしまいます」エドナは心配《しんぱい》そうに言《い》った。

ミス・マープルは言《い》った。「わたし——きょうの午後《ごご》にでも出《で》かけて、スキナー姉妹《しまい》に会《あ》ってくるわ」

「ほんとうに、ありがとうございます、奥《おく》さま」エドナは言《い》った。

オールド・ホールは、ヴィクトリア朝風《ちょうふう》の大《おお》きな建物《たてもの》で、樹木《じゅもく》と草地《くさち》にかこまれていた。そのままでは、借《か》り手《て》もつかないし、売《う》ることもできないので、目先《めさき》のきく商売人《しょうばいにん》がそれを四戸分《よんこぶん》のアパートに改造《かいぞう》し、セントラル・ヒーター設備《せつび》をほどこして、庭《にわ》は居住者《きょじゅうしゃ》の共同使用《きょうどうしよう》にした。

この試《こころ》みは大《おお》あたりだった。まず金持《かねも》ちで変《かわ》りものの老婦人《ろうふじん》が、メイドをつれて一号室《ごうしつ》を借《か》りた。老婦人《ろうふじん》は小鳥《ことり》が大好《だいす》きで、毎日小鳥《まいにちことり》を呼《よ》びよせては、えさをやるのをたのしみにしていた。つづいて二号室《ごうしつ》を借《か》りたのは、退役《たいえき》したインドの判事夫妻《はんじふさい》。三号室《ごうしつ》は新婚《しんこん》ほやほやの若《わか》い夫婦《ふうふ》。そして四号室《ごうしつ》は、つい二ケ月前《かげつまえ》に、スキナーという二人《ふたり》の未婚女性《みこんじょせい》が借《か》りた。この四組《くみ》の借家人《しゃくやにん》たちは、共通点《きょうつうてん》がないので、ふだんほとんど交《こう》際《さい》しなかった。管理人《かんりにん》は、これをすばらしいことだと言《い》った。管理人《かんりにん》がおそれたのは、借家人《しゃくやにん》どうしが仲《なか》よくなると、それがいつか仲《なか》たがいして、管理人《かんりにん》にまで不平不満《ふへいふまん》をむけてくることだった。

ミス・マープルは借家人《しゃくやにん》たちと深《ふか》いつきあいがあったわけではないが、いちおうみんなと顔見知《かおみし》りだった。スキナー姉妹《しまい》のうち、姉《あね》のミス・ラヴィニアは、ある商館《しょうかん》につとめ、上級社員《じょうきゅうしゃいん》の地位《ちい》にあった。妹《いもうと》のミス・エミリーは体《からだ》がよわく、つぎつぎと病気《びょうき》をおこして、毎日《まいにち》ほとんどベッドですごしていた。もっともセント・メアリ・ミード村《むら》のうわさによれば、病気《びょうき》のほとんどは想像上《そうぞうじょう》のものらしい。しかしミス・ラヴィニアだけは病身《びょうしん》の妹《いもうと》に同情《どうじょう》して、使《つか》いに走《はし》り、買物《かいもの》のため村《むら》まで何度《なんど》も往復《おうふく》して、献身的《けんしんてき》な努力《どりょく》をつづけ、妹《いもうと》の病状《びょうじょう》が急《きゅう》におかしくなったといっては、さわぎたてるのだった。

しかし、セント・メアリ・ミード村《むら》の村人《むらびと》たちの意見《いけん》では、もし、ミス・エミリーが姉《あね》のラヴィニアが大《おお》さわぎする半分《はんぶん》でもぐあいがわるければ、とうのむかしにヘイドック医師《いし》の診察《しんさつ》を受《う》けているはずだというのだった。しかしミス・エミリーは、ヘイドック医師《いし》にみてもらったとすめられると、気《き》どったようすで目《め》をとじて、わたしの病気《びょうき》はそんなかんたんなものではないとつぶやくのだった。その病気《びょうき》ときたら、ロンドンでも有名《ゆうめい》な専門医《せんもんい》たちが、さじを投《な》げた難病《なんびょう》で、新《あたら》しい天才医師《てんさいいし》があらわれて、革命的《かくめいてき》な治療《ちりょう》をほどこしてくれないかぎりなおらない。いまミス・エミリーは、そのような治療法《ちりょうほう》で健康体《けんこうたい》になる日《ひ》を待《ま》ちのぞんでいる。こんないなかの開業医《かいぎょうい》なんかにみてもらったところで、なんの役《やく》に立《た》つかと言《い》うのだった。

「それで、わたしの意見《いけん》は」なんでもずけずけと言《い》うミス・ハートネルが口《くち》を開《ひら》いた。「あの先生《せんせい》を呼《よ》ばないのがエミリーの利口《りこう》なところよ。もしヘイドック先生《せんせい》にみてもらったら先生《せんせい》はいつものあけっぴろげな調子《ちょうし》で言《い》うわね。たいした病気《びょうき》じゃありませんよ。さあ、起《お》きて、起《お》きて！　さわぐことはありませんよって！　それがミス・エミリーには一番《いちばん》いいことなのに！」

しかし、そういうえんりょのない診断《しんだん》をする医師《いし》もいないまま、ミス・エミリーはソファーに横《よこ》たわり、貴重《きちょう》な薬《くすり》の小《こ》びんにとりまかれ、わざわざ料理《りょうり》をしてくれたものはほとんど食《た》べずに——手《て》にいれにくい材料《ざいりょう》ばかりほしがっていた。

ミス・マープルが玄関《げんかん》に立《た》つと、グラディスがドアをあけてくれた。ミス・マープルの想像以上《そうぞういじょう》に暗《くら》く、しずんだ顔《かお》をしていた。居間《いま》でミス・ラヴィニアが立《た》ちあがって、ミス・マープルをむかえた。その部屋《へや》は改造以前《かいぞういぜん》の客間《きゃくま》の一部《いちぶ》で、現在《げんざい》は居間《いま》、食堂《しょくどう》、客間《きゃくま》、浴室《よくしつ》、メイド室《しつ》に仕切《しき》られていた。

ラヴィニア・スキナーは五十代《だい》で、背《せ》の高《たか》い、やせて骨《ほね》ばった女《おんな》だった。声《こえ》はしわがれて、たいどもぶっきらぼうだった。

「よくおいでになりました」ラヴィニアは言《い》った。「あいにくエミリーは気分《きぶん》がすぐれなくて――伏《ふ》せっております。お会《あ》いいただければ――元気《げんき》づくでしょうに――でもときどき、どなたにもお会《あ》いしたくないということがあるのです。かわいそうに、エミリーはほんとうにがまんづよくしています」

ミス・マープルは、あいそうよく受《う》け答《こた》えした。使用人《しようにん》の問題《もんだい》はセント・メアリ・ミード村《むら》では、だいじなことなので、会話《かいわ》をそちらのほうへ持《も》っていくのは、べつにむずかしいことではなかった。とても気立《きだ》てのよいグラディス・ホームズが、ひまをとるといううわさを耳《みみ》にしたと、ミス・マープルは話《はなし》を切《き》り出《だ》した。

ミス・ラヴィニアはうなずいた。

「今週《こんしゅう》の水曜日《すいようび》には出《で》ていきます。ごぞんじかと思《おも》いますが、お皿《さら》をこわしてしまったんです。もう手《て》にはいらない貴重品《きちょうひん》です」

ミス・マープルはため息《いき》をついて、いまはがまんをしなければならないことが多《おお》い時代《じだい》だと言《い》った。こんないなかまでくるメイドをさがすのも、なかなかむずかしい。ミス・スキナーはほんとうにグラディスを手《て》ばなしても、かまわないと思《おも》っているのかしら？

「ここでメイドを見《み》つけるのが、たいへんなことぐらい、わたしだって知《し》っています」ミス・ラヴィニアはすなおにみとめた。

「ドブロ家《け》では、いまだにメイドのきてがいなくておこまりです。でもふしぎではありません。あのご夫婦《ふうふ》はけんかばかりしている、ジャズを一晩中《ひとばんじゅう》かけつづけ――そして食事《しょくじ》の時間《じかん》さえ決《き》まらないの。あの若《わか》い奥《おく》さんたら、家事《かじ》のことはなにも知《し》らないのです。ご主人《しゅじん》がかわいそう！それから、ラーキンズさんのところもメイドがひまをとりました。もちろんラーキンズ判事《はんじ》の性格《せいかく》だとか、*チョタ・ハッリを朝《あさ》の六時《じ》に持《も》って

＊チョタ・ハッリ……インド式《しき》のかんたんな朝食《ちょうしょく》。

くるように言《い》いつけることとか、また奥《おく》さんは奥《おく》さんで、しじゅうヒステリーをおこしているのだから、メイドがいつかないのもふしぎじゃないわ。ミセス・カーマイクルのところはメイドのジャネットがいついています――でも、わたしに言《い》わせてもらえれば、あのメイドくらいふゆかいな女《おんな》はおりませんわ。あのお年《とし》よりを完全《かんぜん》にばかにしています」

「まあ、それはそれとして、あなたのところでは、あのグラディスのことを考《かんが》えなおせませんか？　あのむすめはいい子《こ》ですよ。わたしはあの子《こ》の家族《かぞく》を知《し》ってますけど、みんな正直《しょうじき》で、とてもいい人《ひと》たちですよ」

ミス・ラヴィニアは首《くび》をふり、力《ちから》をこめて言《い》った。

「わたしにはわたしのわけがあります」

ミス・マープルは声《こえ》を低《ひく》めた。

「ブローチがなくなったからでしょう。わかっています――」

「だれがそんなことを言《い》いました？　あのむすめが言《い》ったんでしょう。はっきり言《い》って、あの子《こ》がぬすんだことはたしかだと思《おも》っています。あとで、こわくなって、こっそりもとのところにもどしておいたのです。もちろん証拠《しょうこ》がないので、人《ひと》に言《い》えないだけです」そこでミス・ラヴィニアは話題《わだい》を変《か》えた。

「それより、マープルさん、エミリーに会《あ》ってやっていただけませんか？　とてもよろこぶと思《おも》います」

ミス・マープルは、言《い》われるままミス・ラヴィニアのあとについていった。ラヴィニアはドアをノックして、おはいりと声《こえ》がすると、ミス・マープルを部屋《へや》にまねきいれた。そこは家《いえ》の中《なか》で一番《いちばん》よい部屋《へや》だが、ブラインドが半分《はんぶん》おろしてあるので、ほとんどの光《ひかり》がさえぎられて、うす暗《ぐら》かった。ミス・エミリーはベッドに横《よこ》たわり、半分暗《はんぶんくら》い世界《せかい》と、よくわからない病気《びょうき》のくるしみをたのしんでいるようだった。おぼろげな光《ひかり》が、エミリーのやせ細《ほそ》り、うすぼけたすがたをうかびあがらせた。灰色《はいいろ》がかった黄色《きいろ》い髪《かみ》が、だらしなく頭《あたま》をとりまき、ところどころカールして、まともな鳥《とり》なら、はずかしくな

るような鳥《とり》の巣《す》そっくりだった。オーデコロンと、古《ふる》くなったビスケットとショウノウのにおいが、部屋《へや》にこもっていた。

目《め》をうすくあげ、細《ほそ》いよわよわしい声《こえ》で、エミリー・スキナーは、「きょうは気分《きぶん》のすぐれない日《ひ》」だと説明《せつめい》した。

「病気《びょうき》で一番《いちばん》いやなことは」エミリー・スキナーは、けだるい声《こえ》で言《い》った。「自分《じぶん》がどれだけまわりの人《ひと》たちに負担《ふたん》をかけているかがわかることですわ。ラヴィニアは、とてもよくしてくれるわ。ねえ、ラヴィー、お手《て》数《すう》かけてわるいけど、わたしの湯《ゆ》たんぽを、いつものようにしてもらえないかしら――お湯《ゆ》がいっぱいすぎると重《おも》いし、そうかといってすくなすぎると、すぐさめちゃうのよ！」

「ああ、ごめんなさい。こっちによこして。お湯《ゆ》をすこしへらしてくるから」

「へらすんなら、いっそつめかえたほうがいいんじゃない。それからラスクはないでしょうね――いいえ、いいのよ。なくてもかまわないわ。おいしいお茶《ちゃ》と、レモンが一切《ひとき》れあれば――あら、レモンもないの？レモンなしでは、お茶《ちゃ》をいただけないわ。けさのミルクも、ちょっとおかしくなってたわよ。だからお茶《ちゃ》へミルクをいれたくなかったの。いいわ、お茶《ちゃ》なんか飲《の》まなくてもへいきよ。ただひどくよわっているような気《き》がするの。カキって栄養《えいよう》があるって聞《き》いたけど、すこし食《た》べてみようかしら？　いいえ、やめておくわ。もうおそいし、こんな時間《じかん》に手《て》にいれるのはたいへんですもの。わたし、あしたまで絶食《ぜっしょく》できるわ」

ラヴィニアは、村《むら》まで自転車《じてんしゃ》でいかなければとかなんとか、つぶやきながら部屋《へや》を出《で》ていった。ミス・エミリーはミス・マープルに、よわよわしくほほえみかけて、これ以上《いじょう》、だれにもめいわくをかけたくないと言《い》った。

くやしがる村人《むらびと》たち

その夜《よる》、ミス・マープルはエドナに、自分《じぶん》の使命《しめい》は失敗《しっぱい》したようだとつたえた。

しかしミス・マープルは、グラディスのぬすみのうわさが、はやくも村《むら》にひろまっているのを知《し》って、そのほうが心配《しんぱい》になった。

郵便局《ゆうびんきょく》ではミス・ウェザビーが話《はな》しかけてきた。

「ねぇ、ジェーン。スキナー姉妹《しまい》がグラディスにわたしした人物証明書《じんぶつしょうめいしょ》には、よく働《はたら》き、まじめで、しっかりしていると書《か》いてあるけど、正直《しょうじき》かどうかということは書《か》いてなかったそうよ。そこが一番大事《いちばんだいじ》なことなのにねえ。ブローチのことで、ごたごたがあったそうね。きっとそのせいだわ。ちかごろメイドにひまを出《だ》すなんて、よっぽど重大《じゅうだい》なことでもなかったら、するわけないわよ。あの人《ひと》たち、代《かわ》りを見《み》つけるのがどんなにたいへんか、そのうち思《おも》い知《し》るでしょう。むすめたちは、オールド・ホールへなんかいきたがらないわ。外出日《がいしゅつび》に家《いえ》へ帰《かえ》るのも気《き》をつかっていたくらいよ。まあ見《み》ててごらんなさい。スキナー家《け》じゃメイドがだれも見《み》つからなくて、あのいやらしいゆううつ病《びょう》の妹《いもうと》が、ベッドから起《お》きて家事《かじ》をしなければならなくなるわ！」

それだけに、スキナー姉妹《しまい》が紹介所《しょうかいじょ》から、どこから見《み》ても完《かん》ぺきで、まるでメイドのお手本《てほん》のような女《おんな》を、新《あたら》しくやとったとわかったときは、村中《むらじゅう》の人々《ひとびと》がどんなにくやしがったか言《い》うまでもない。

「そのむすめは、三年分《ねんぶん》のりっぱな証明書《しょうめいしょ》を持《も》っていて、とてもあたたかみのある人《ひと》がらのようですの。都会《とかい》よりいなかのほうが好《す》きで、それにグラディスよりお給金《きゅうきん》がすくなくていいって言《い》いますのよ。わたしたち、ほんとうに運《うん》がよかったと思《おも》います」

「まあ、ほんとうに」魚屋《さかなや》の店先《みせさき》で、ミス・ラヴィニアの口《くち》から、くわしく聞《き》かされて、ミス・マープルは言《い》った。「まるでゆめのようなお話《はなし》ですこと」

そこでセント・メアリ・ミード村《むら》の人《ひと》たちは、そのお手本《てほん》のようなメイドは、最後《さいご》のどたん場《ば》になって約束《やくそく》をとりけし、やってこないだろうと考《かんが》えた。

だがこの予想《よそう》ははずれた。村人《むらびと》たちは、メアリ・ヒギンズという名《な》の家庭《かてい》の宝《たから》（メイド）が、リードのタクシーで村《むら》を走《はし》り抜《ぬ》け、オールド・ホールへむかうのを見《み》た。きりょうはよいし、品《ひん》もよく、服装《ふくそう》もきちんとしていた。

つぎにミス・マープルがオールド・ホールを訪問《ほうもん》したのは、教会《きょうかい》でおこなわれるバザーに、新《あたら》しく屋台《やたい》を出《だ》すものをつのるためだった。そのときドアをあけたのは、メアリ・ヒギンズだった。たしかに、とびきり美《うつく》しいメイドで、年《ねん》はだいたい四十ぐらいだろうか、きれいな黒髪《くろかみ》に、バラ色《いろ》のほおをして、肉《にく》づきのよい体《からだ》をつつしみ深《ぶか》く黒《くろ》い服《ふく》につつみ、白《しろ》いエプロンと帽子《ぼうし》をつけていた。あとでミス・マープルが「申《もう》し分《ぶん》のない古《ふる》い時代《じだい》のメイド」と説明《せつめい》したように――品《ひん》よく、ひかえめの声《こえ》で、うやうやしくあいさつをした。アデノイドのため太《ふと》い、がらがら声《こえ》になるグラディスのしゃべりかたとは、月《つき》とスッポンだった。

ミス・ラヴィニアはいつもとちがって、ミス・マープルの訪問《ほうもん》をめいわくがるようすがなかった。妹《いもうと》の世話《せわ》があるので屋台《やたい》は出《だ》せないがと残念《ざんねん》がったが、そのかわりにまとまった金額《きんがく》の寄付《きふ》を申《もう》し出《で》たうえ、ペンふきとベビー用《よう》のくつ下《した》を提供《ていきょう》すると約束《やくそく》した。

ミス・マープルはラヴィニアの気前《きまえ》のよさをほめた。

「みんなメアリのおかげなんですよ。前《まえ》のメイドにひまを出《だ》して、ほんとうによかったと思《おも》っているんです。メアリはかけがえのないメイドです。料理《りょうり》はうまいし、給仕《きゅうじ》のしかたも申《もう》し分《ぶん》ないし、家《いえ》の中《なか》をすみずみまで清潔《せいけつ》にそうじしてくれるし——マットレスだって毎日裏《まいにちうら》がえしてくれますわ。そしてエミリーには、とくべつやさしくしてくれます」

そこでミス・マープルは、あわててエミリーのようすをたずねた。

「それが、かわいそうに、このところの気候《きこう》のせいもあって、かなりかげんがわるいんです。もちろんしかたがないことだけど、ときどき気《き》むずかしいことを言《い》っては、わたしたちをこまらせています。なにか食《た》べたいと言《い》うから、それをつくってやると、もう食《た》べたくなくなったと言《い》って——三十分《ぷん》もすると、また食《た》べたいと言《い》い出《だ》すのです。でもさっきつくったのは、すっかり冷《ひ》えてしまっているから、またつくりなおしまっ——それは、もう、手間《てま》がかかります。でもありがたいことに、メアリはちっとも気《き》にならないようです。病人《びょうにん》をあつかいなれていて、そういう人《ひと》たちの気持《きも》ちがよくわかるのだそうで、ほんとうに助《たす》かります」

「それはそれは」ミス・マープルは言《い》った。

「幸運《こううん》でしたわね」

「ええ、まったく。お祈《いの》りのおかげで、神様《かみさま》がメアリをおさずけくださったのだと思《おも》っております」

「でも、わたしには」ミス・マープルは言《い》った

「まるでゆめのようなお話《はなし》ですわ。わたしが――もしあなただったら、すこしばかり用心《ようじん》しますけど」

この言葉《ことば》のいみは、ミス・ラヴィニアにはつたわらなかった。「ええ、もちろん！　メアリのためなら、できるだけのことをしてやるつもりで

す。メアリに出《で》ていかれてしまったら、どうしたらよいかわかりません もの」

「その用意《ようい》ができるまで、出《で》ていくことはないと思《おも》います」そう言《い》って ミス・マープルは、女主人《おんなしゅじん》の顔《かお》をじっと見《み》つめた。

ミス・ラヴィニアは言《い》った。「家《いえ》の中《なか》に心配《しんぱい》ごとがないと、こんなに も気分《きぶん》が軽《かる》くなるものなんですね。おたくのエドナはどうしています?」

「よくやってくれますよ。おたくのメアリとちがって満点《まんてん》というわけに はいきません。でもこの村《むら》のむすめだから、エドナのことならなにもか も知《し》っています」

ホールを出《で》たとき、ミス・マープルの耳《みみ》に、病人《びょうにん》のいらいらした声《こえ》が 聞《き》こえた。「この湿布《しっぷ》はからからにかわいたってかまわないのよ——

ぐにまたしめってくるからって、アラートン先生《せんせい》がおっしゃったわ。さあ、どけてちょうだい。お茶《ちゃ》とゆで卵《たまご》がほしいわ。ゆで時間《じかん》は三分半《ぷんはん》よ。おぼえておいてね。それからラヴィニアを呼《よ》んでちょうだい」

有能《ゆうのう》なメアリは寝室《しんしつ》から出《で》てきて、ミス・ラヴィニアに言《い》った。「ミス・エミリーがお呼《よ》びです」そしてミス・マープルに近《ちか》づき、申《もう》し分《ぶん》のないたいどで、コートを着《き》るのを手伝《てつだ》い、こうもりがさをわたし、ドアをあけた。

ミス・マープルは、かさを受《う》けとったが、落《お》としてしまった。それを拾《ひろ》いあげようとして、こんどはバッグを落《お》とした。バッグの口《くち》が大《おお》きくひらいた。メアリは、こまごまとした中身《なかみ》を、ていねいにひろいあつめた――ハンカチ、手帳《てちょう》、旧式《きゅうしき》な革《かわ》の財布《さいふ》、シリング硬貨《こうか》二枚《まい》、ペニー銅貨《どうか》三枚《まい》、それに小《ちい》さくなったストライプ模様《もよう》のペパーミントキャンディー一こ。

ミス・マープルは、ちょっとこまったように最後《さいご》の品物《しなもの》を受《う》けとった。

「おやおや、これはクレメント夫人《ふじん》のぼうやのだわ。このキャンディーをなめていたもの。わたしのバッグをいたずらしているうちに、きっと中《なか》にいれちゃったのね。ネバネバするわ」

「すてておきましょうか、奥《おく》さま？」

「おねがいするわ。ほんとに、ありがとう」

メアリは体《からだ》をかがめ、最後《さいご》にのこっていた小《ちい》さな手鏡《てかがみ》をひろった。それを受《う》けとって、ミス・マープルは大《おお》げさにさけんだ。

「まあ、運《うん》がよかった。われなくて！」

ミス・マープルがそこをはなれて、スキナー家《け》を出《で》たとき、メアリは表情《ひょうじょう》も変《か》えずに、キャンディーのかたまりを手《て》にしたまま、ドアのわきにれいぎ正《ただ》しく立《た》っていた。

その後十日間《ごとおかかん》、セント・メアリ・ミードの村人《むらびと》たちは、ミス・ラヴィニアとミス・エミリーから、その宝物《たからもの》のすばらしさを聞《き》かされるという、つらさや腹立《はらだ》たしさをしんぼうしなければならなかった。

十一日目《にちめ》の夜《よる》があけると、村全体《むらぜんたい》に震動《しんどう》が走《はし》って人《ひと》びとを目《め》ざめさせた。

メイドのお手本《てほん》、メアリがすがたを消《け》したのだ！　ベッドに眠《ねむ》ったようすもなく、玄関《げんかん》のドアがすこしあいたままになっていた。メアリは夜《よる》の間《あいだ》に、音《おと》も立《た》てずに出《で》ていったのだ。

すがたを消《け》したのはメアリだけではなかった。ミス・ラヴィニアの持《も》ち物《もの》から、ブローチが二つと指輪《ゆびわ》が五つ。ミス・エミリーのペンダントとブレスレット、ブローチ四つも消《き》えうせていた。

それが、わざわいの章《しょう》のはじまりだった。

ドブロ家《け》の若《わか》い夫人《ふじん》は、かぎをかけない引《ひ》き出《だ》しからダイヤモンドを、また結婚式《けっこんしき》のプレゼントだった高価《こうか》な毛皮《けがわ》を数点《すうてん》ぬすまれていた。判事《はんじ》夫妻《ふさい》もまた、宝石《ほうせき》とかなりの現金《げんきん》をとられた。中《なか》でも最大《さいだい》の被害者《ひがいしゃ》はカーマイクル夫人《ふじん》だった。高価《こうか》な宝石類《ほうせきるい》だけでなく、家《いえ》においてあった多額《たがく》の現金《げんきん》が、そっくり消《き》えていた。その夜《よる》、メイドのジャネットは外《がい》出《しゅつ》していて、女主人《おんなしゅじん》がいつもの習慣《しゅうかん》で、夕《ゆう》ぐれの庭《にわ》をあるきながら、えさをまいているすきにとられたのだ。

じつを言《い》うと、その盗難事件《とうなんじけん》を知《し》って、セント・メアリ・ミード村《むら》が、意地《いじ》のわるいよろこびにわきかえったのは、あたりまえのことだった。ミス・ラヴィニアは、それほど新《あたら》しい女中《じょちゅう》をじまんしていたのだ。

「なにさ、ただのどろぼうだったんじゃないの！」

つづいてきょうみ深《ぶか》い事実《じじつ》があきらかになった。メアリがすがたを消《け》したあと、身元保証人《みもとほしょうにん》となっていた紹介所《しょうかいじょ》も、だまされたことがわかった。メイドとして就職《しゅうしょく》をもとめ、紹介所《しょうかいじょ》に推《すい》せん状《じょう》を書《か》かせたメアリ・ヒギンズという女《おんな》は、実在《じつざい》しないことがはっきりしたのだ。その名《な》のメイドが、ある教会《きょうかい》の牧師《ぼくし》の妹《いもうと》のところにいたことはたしかだが、本物《ほんもの》はいまコーンウォールで平和《へいわ》にくらしていた。

「いまいましいほど、なにからなにまでみごとな手《て》ぎわだ」スラック警《けい》部《ぶ》は、くやしいがみとめなければならなかった。

「この女《おんな》はギャングと手《て》を組《く》んでいるようです。一年《ねん》ほど前《まえ》にもノーサンバーランドで、これとおなじ手口《てぐち》の事件《じけん》がありました。警察《けいさつ》は一味《いちみ》の足跡《あしあと》をつきとめられず、かんじんな女《おんな》もつかまえることができませんでした。でもこのマッチ・ベナム署《しょ》では、もっとうまくやってみせますよ」

スラック警部《けいぶ》は、いつも自信《じしん》たっぷりの男《おとこ》だった。

それにもかかわらず、数週間《すうしゅうかん》すぎてもメアリ・ヒギンズのゆくえはつかめなかった。スラック警部《けいぶ》は捜査《そうさ》に二倍《にばい》のエネルギーをそそぎこんだが、結局自分《けっきょくじぶん》の評判《ひょうばん》を落《お》とす結果《けっか》に終《おわ》った。

ミス・ラヴィニアは涙《なみだ》にくれていた。エミリーもこうふんのあまり、体《からだ》のぐあいに不安《ふあん》を感《かん》じて、とうとうヘイドック医師《いし》を呼《よ》びにやった。

村人《むらびと》たちはみんな、むずかしい病気《びょうき》だとさわいでいたエミリーの言葉《ことば》が、ほんとうであったかどうか知《し》りたくて、うずうずしていたのだが、医師《いし》にたずねるわけにはいかなかった。しかし薬剤師《やくざいし》の助手《じょしゅ》をつとめるミークが、プライス・リドリー夫人《ふじん》のメイドのクララと交際中《こうさいちゅう》で、二人《ふたり》がいっしょに外出《がいしゅつ》したときの話《はなし》から、みんなを満足《まんぞく》させる情報《じょうほう》がもたらされた。ミークの話《はなし》によれば、ヘイドック医師《いし》が書《か》いた処方《しょほう》せんには、アギとカノコソウからとった鎮静剤《ちんせいざい》が指示《しじ》してあった。これは軍隊《ぐんたい》で仮病《けびょう》をつかって軍務《ぐんむ》をなまける兵士《へいし》に服用《ふくよう》させるものなのだった！

その後《ご》まもなく、村人《むらびと》たちはミス・エミリーの宣言《せんげん》を聞《き》くことになった。ミス・エミリーは自分《じぶん》の病状《びょうじょう》がよくわかるロンドンの専門医《せんもんい》に、手《て》当《あ》てを受《う》けるほうが賢明《けんめい》だと言《い》い出《だ》したのだ。それがラヴィニアにとっても一番《いちばん》よいのだと言《い》うのだった。こうしてスキナー姉妹《しまい》がいた住居《じゅうきょ》は、転貸《てんたい》*されることになった。

それから数日後《すうじつご》、ミス・マープルが息《いき》を切《き》らし、あわてたようすでマッチ・ベナム署《しょ》をおとずれ、スラック警部《けいぶ》に面会《めんかい》をもとめた。

スラック警部《けいぶ》はミス・マープルが好《す》きではなかった。しかしこの老婦人《ろうふじん》が、署長《しょちょう》のメルチェット大佐《たいさ》のお気《き》にいりなので、しぶしぶまねきいれた。

「こんにちは、マープルさん、なにかご用《よう》でしょうか?」

「それがあなた」ミス・マープルは言《い》った。「大至急《だいしきゅう》、やってもらいた

＊転貸《てんたい》……他人《たにん》から借《か》りた物《もの》をさらに他《ほか》の人《ひと》に貸《か》すこと。

いことがあるんだけど」

「仕事《しごと》は山《やま》ほどありますが」警部《けいぶ》は言《い》った。

「数分《すうふん》ならかまいませんよ」

「それが、あなた」ミス・マープルは言《い》った。

「きちんと話《はな》せればいいんだけど。自分《じぶん》のことをわかりやすく説明《せつめい》するのは、とてもむずかしいことですね。わかっていただけるかしら？　いいえ、あなたにはわかってもらえそうもないわ。とにかくわたしは現代《げんだい》的《てき》な教育《きょういく》を受《う》けなかったから――女性家庭教師《じょせいかていきょうし》についただけですから、教《おそ》わったのはイギリスの王《おう》さまたちの在任期間《ざいにんきかん》とか、いっぱん常識《じょうしき》――たとえば針《はり》の製造法《せいぞうほう》なんてことね。かんじんなことはなにも教《おし》えないのよ。ところでわたしの話《はなし》というのは、スキナー姉妹《しまい》のメイドだったグラディスのことなの」

「メアリ・ヒギンズですね」スラック警部《けいぶ》は言《い》った。

「それは二番目《にばんめ》のほうよ。わたしが言《い》うのはグラディス・ホームズ――ちょっと生意気《なまいき》でずうずうしいけど、とても正直《しょうじき》なむすめです。それをみとめてやることが重要《じゅうよう》なんです」

「わたしの知《し》るかぎり、グラディスには容疑《ようぎ》がかかっていませんが」

「ええ、うたがわれる理由《りゆう》はないわ――でもそれだからこまるんです。世間《せけん》ではいまでもみんな、グラディスをうたがっているんですからね。どうも、うまく話《はな》せなくてこまったものだわ。つまり、わたしが言《い》いたいのは、メアリ・ヒギンズを見《み》つけるのが重要《じゅうよう》だってことなの」

「たしかにそうです」スラック警部《けいぶ》は言《い》った。

「それについて、なにかいいお考《かんが》えがおありですか？」

「じつを言《い》うと、あるんですよ」ミス・マープルは言《い》った。「一つうかがってもいいかしら？　指紋《しもん》は役《やく》に立《た》つかしら？」

「ああ」スラック警部《けいぶ》は言《い》った。「あの女《おんな》はまったくぬけめのないやつでした。仕事《しごと》はほとんどゴム手袋《てぶくろ》か、メイド用《よう》の手袋《てぶくろ》をつかっていたらしいんです。そのうえ用心深《ようじんぶか》くて――自分《じぶん》の寝室《しんしつ》から台所《だいどころ》の流《なが》しにあるものまで、きれいにふきとってありました。あの家《いえ》では犯人《はんにん》の指紋《しもん》をただの一つも発見《はっけん》できなかったのです」

「あの女《おんな》の指紋《しもん》があったら、お役《やく》に立《た》つかしら？」

「立《た》ちますとも、奥《おく》さん――本庁《ほんちょう》*ならわかるはずです。これがあの女《おんな》の最初《さいしょ》の仕事《しごと》じゃないでしょうからね」

＊本庁《ほんちょう》……ロンドン警視庁《けいしちょう》。

ミス・マープルは明《あか》るい顔《かお》になってうなずいた。そしてバッグをあけると、小《ちい》さなボール箱《ばこ》をとり出《だ》した。その中《なか》には綿《わた》でくるんだ小《ちい》さな手《て》鏡《かがみ》がはいっていた。

「わたしのハンドバッグにはいっていたものだわ。これにメイドの指紋《しもん》がついているのよ。はっきりしているはずだわ――あのメイドはべたべたするものにさわったあと、これをつかんだんですからね」

「あの女《おんな》に、わざと指紋《しもん》をつけさせたんですか？」

「ええ、もちろん」

「そのときもう、あの女《おんな》をうたがっていたのですか？」

「ええ、あまりにも理想的《りそうてき》なメイドだというのが、あやしいと思《おも》ったのよ。そこでミス・ラヴィニアに、用心《ようじん》するようにとほのめかしてみたけれど、あの人《ひと》は気《き》づいたようすも見《み》せないんです！　ねえ、警部《けいぶ》さん、理想的《りそうてき》なメイドなんて、いまどき信用《しんよう》できます？　だれにだって欠点《けってん》はあるもので——それが一番早《いちばんはや》くあらわれるのが家事《かじ》なんです」

「なるほど」スラック警部《けいぶ》は平静《へいせい》をとりもどした。「感謝《かんしゃ》いたします。さっそくこれを本庁《ほんちょう》へ送《おく》って、なんと言《い》ってくるか待《ま》ちましょう」

警部《けいぶ》は口《くち》をつぐんだ。ミス・マープルは首《くび》をすこしかしげて、意味《いみ》ありげに警部《けいぶ》を見《み》つめた。

「それよりか、警部《けいぶ》さん、もうすこしこの近《ちか》くを洗《あら》ってみたらいかがでしょう？」

「どういう意味《いみ》ですか、マープルさん？」

「説明《せつめい》するのはむずかしいけれど、もう一度調査《いちどちょうさ》して、あなたが奇妙《きみょう》なことにぶつかれば気《き》づくってことですよ。奇妙《きみょう》なことって、たいてい、ごくありふれたところにあるものです。わたしは、ずっと前《まえ》から気《き》づいていました。グラディスとブローチのことです。グラディスはとても正《しょう》直《じき》なむすめです。ブローチをぬすむようなまねはけっしていたしません。それなのに、なぜあのむすめに、うたがいをかけたのでしょう？　ミス・スキナーは、ばかじゃありません。ばかだなんてとんでもない！　それでいて、このメイド不足《ぶそく》の時節《じせつ》に、なんでまた、役《やく》に立《た》つメイドをやめさせたがったのか？　奇妙《きみょう》なことというのはそれよ。だからわたしは、おかしいと考《かんが》えたの。ふしぎでたまらなかったわ。そしてもう一つ奇妙《きみょう》なことに気《き》づきました！　ミス・エミリーはゆううつ症《しょう》だけど、医者《いしゃ》をまったく呼《よ》ぼうとしないの。ゆううつ症《しょう》の患者《かんじゃ》ってお医者《いしゃ》が大好《だいす》きなものなのよ。でもミス・エミリーにかぎって、みてもらおうとしなかったわ！」

「なにをおっしゃろうとしているんです、マープルさん？」

「わたしが言《い》いたいのは、ミス・ラヴィニアとミス・エミリーは、ひどく奇妙《きみょう》な人《ひと》たちだということ。ミス・エミリーは、一日中《いちにちじゅう》ほとんど、うす暗《ぐら》い部屋《へや》ですごしていたのよ。あの人《ひと》の髪《かみ》がかつらでなかったら、わたしは自分《じぶん》のかもじを食《た》べてみせるわ！　わたしが言《い》いたいのは、つまりこういうことです――やせて青白《あおじろ》い顔《かお》をした、しらが頭《あたま》で、かなしげな声《こえ》で文句《もんく》ばかりつけている女《おんな》と、黒髪《くろかみ》でバラ色《いろ》のほおをした、肉《にく》づきのよい女《おんな》が同一人物《どういつじんぶつ》だったとしても、べつにふしぎじゃないってことよ。わたしの知《し》るかぎり、ミス・エミリーとメアリ・ヒギンズが、いっしょにいるところを見《み》た人《ひと》は、一人《ひとり》もいないんです。

スキナー姉妹《しまい》はたっぷり時間《じかん》をかけて、四軒《よんけん》すべての合《あい》かぎをつくり、ほかの借家《しゃくや》のようすをしらべたあとで――村《むら》のむすめを首《くび》にしたのよ。そしてある夜《よる》、ミス・エミリーは、いそぎ足《あし》で村《むら》を横切《よこぎ》り、よく日《じつ》メアリ・ヒギンズになって駅《えき》に到着《とうちゃく》したんです。それから、自分《じぶん》たちがねらっていた時機《じき》を待《ま》って、メアリ・ヒギンズがとつぜん消《き》えうせ、このメイドに対《たい》する非難《ひなん》がわきおこるってわけよ。どこへいけばメアリが見《み》つかるか、教《おし》えてあげますわ、警部《けいぶ》さん。ミス・エミリー・スキナーのソファの上《うえ》ですよ！　わたしの話《はなし》が信《しん》じられなかったら、ミス・エミリーの指《し》紋《もん》をとってごらんなさい。わたしの言《い》うとおりだったことがわかるはずです！　抜《ぬ》け目《め》のない二人組《ふたりぐみ》のどろぼう――それがスキナー姉妹《しまい》の正体《しょうたい》ですよ。もちろん、ずるがしこい仲間《なかま》たちと、手《て》を結《むす》んでいることはたしかだけど、こんどはもう逃《に》げきれないと思《おも》うわ。あんなわるい女《おんな》たちのために、わたしたちの村《むら》のむすめが、ブローチをぬすんでひまを出《だ》されたどろぼうメイドにされて、たまるもんですか！　グラディス・ホームズはおてんとうさまに負《ま》けないくらいの正直《しょうじき》ものだわ。それをみんなにわからせたいの。では、ごきげんよう！」

ミス・マープルは、あぜんとしているスラック警部《けいぶ》をのこすと、すました顔《かお》で出《で》ていった。

「ふうん！」スラック警部《けいぶ》はつぶやいた。「いまの話《はなし》、どこまでほんとうかな」

ほどなくスラック警部《けいぶ》は、ミス・マープルがまたもや正《ただ》しかったことがわかった。

メルチェット署長《しょちょう》は、スラック警部《けいぶ》の手《て》ぎわをほめた。ミス・マープルはグラディスを呼《よ》んで、エドナといっしょにお茶《ちゃ》を飲《の》みながら、こんどよいつとめ口《ぐち》が見《み》つかったら、しっかり腰《こし》をおちつけて働《はたら》くようにと、言《い》って聞《き》かせるのだった。

作品解説《さくひんかいせつ》と読書《どくしょ》ガイド

野村宏平《のむらこうへい》

ミス・マープルは、「ミステリーの女王《じょおう》」と呼《よ》ばれるイギリスの女流《じょりゅう》作家《さっか》アガサ・クリスティー（一八九〇年《ねん》〜一九七六年《ねん》）が生《う》み出《だ》した名《めい》探偵《たんてい》です。

クリスティーは一九二〇年《ねん》、三十歳《さい》のときに『スタイルズ荘《そう》の怪事《かいじ》件《けん》』という作品《さくひん》でデビューしてから百冊《ひゃくさつ》以上《いじょう》の著作《ちょさく》を出版《しゅっぱん》しましたが、その発行部数《はっこうぶすう》は合計《ごうけい》すると数十億《すうじゅうおく》部《ぶ》にもなるといわれています。世界中《せかいじゅう》でもっとも多《おお》くの人《ひと》に読《よ》まれているミステリー作家《さっか》なのです。

そんなクリスティーは何人《なんにん》もの名探偵《めいたんてい》を生《う》み出《だ》しましたが、なかでも高《たか》い人気《にんき》を誇《ほこ》っているのが、ベルギー人《じん》の私立探偵《しりつたんてい》エルキュール・ポアロと、今回紹介《こんかいしょうかい》した老嬢探偵《ろうじょうたんてい》ミス・マープルのふたりです。

ポアロはピンとはねあがった大《おお》きな口《くち》ひげをたくわえた紳士《しんし》で、あらゆるところに出向《でむ》いていって、「灰色《はいいろ》の脳細胞《のうさいぼう》」と呼《よ》ぶ自慢《じまん》の頭脳《ずのう》をフル回転《かいてん》させ、大事件《だいじけん》を次《つぎ》から次《つぎ》へと派手《はで》に解決《かいけつ》していきます。いっぽう、ミス・マープルはロンドン郊外《こうがい》のセント・メアリ・ミードという小《ち》さな村《むら》でひっそりと暮《く》らしている、上品《じょうひん》で気《き》さくな、おしゃべり好《ず》きのおばあさんですが、人間《にんげん》を観察《かんさつ》するのが得意《とくい》で、身近《みぢか》で起《お》こった事件《じけん》をさらりと解決《かいけつ》してみせます。

同《おな》じ名探偵《めいたんてい》といっても、まったく性格《せいかく》のちがうふたりなので、読者《どくしゃ》もポアロ派《は》とマープル派《は》に分《わ》かれていますが、作者《さくしゃ》のクリスティー自身《じしん》はどちらかというと、マープルのほうがお気《き》に入《い》りだったようです。

それはおそらく、マープルのモデルになったのが、クリスティーの祖《そ》母《ぼ》だからでしょう。マープルと同《おな》じく、ピンク色《いろ》の頬《ほお》をした色白《いろじろ》の感《かん》じのいい老婦人《ろうふじん》で、世《よ》の中《なか》からひきこもって昔《むかし》ながらの生活《せいかつ》を送《おく》っていながら、人間《にんげん》の邪悪《じゃあく》な部分《ぶぶん》を知《し》りぬいているようなところがあったといいます。マープルには悪事《あくじ》のにおいをかぎとる能力《のうりょく》があったといいますが、そのあたりもクリスティーのおばあさんゆずりかもしれません。

クリスティーがミス・マープルを初《はじ》めて登場《とうじょう》させたのは、一九二七年《ねん》に発表《はっぴょう》した「火曜《かよう》クラブ」という短編《たんぺん》です。この作品《さくひん》では、マープルの家《いえ》に作家《さっか》や元警視総監《もとけいしそうかん》、弁護士《べんごし》といった、そうそうたる人《ひと》たちが集《あつ》まって、自分《じぶん》だけが結末《けつまつ》を知《し》っている事件《じけん》の話《はなし》をしていこうということになります。そして、語《かた》り手《て》以外《いがい》のメンバーがああでもない、こうでもないと真相《しんそう》を推理《すいり》しあうのですが、たったひとり、見事《みごと》に正解《せいかい》してしまうのが、メンバーのなかでいちばん目立《めだ》たなかったミス・マープルというわけです。

クリスティーはこの会合《かいごう》――火曜日《かようび》に開《ひら》かれたので、「火曜《かよう》クラブ」と名《な》づけられました――で語《かた》られる事件《じけん》を十三作書《さくか》き、短編集《たんぺんしゅう》『火曜《かよう》クラブ』（『ミス・マープルと十三の謎《なぞ》』というべつのタイトルでも出《で》ています）として、一冊《いっさつ》の本《ほん》にまとめました。

これによって人気《にんき》をえたマープルは、新《あたら》しい作品《さくひん》にも次々《つぎつぎ》と登場《とうじょう》していくことになります。この本《ほん》におさめた三つの短編《たんぺん》は、『火曜《かよう》クラブ』の刊行《かんこう》から十年《ねん》ほどあとに書《か》かれた作品《さくひん》です。

「風変《ふうが》わりないたずら」は、おじの遺産《いさん》のありかを探《さが》す男女《だんじょ》の物語《ものがたり》で、宝探《たからさが》しのおもしろさが味《あじ》わえます。最後《さいご》にマープルが見《み》つけだした遺産《いさん》は、思《おも》いもよらないものでした。ちなみに、この作品《さくひん》の最初《さいしょ》に登場《とうじょう》する女優《じょゆう》のジェーン・ヘリアも「火曜《かよう》クラブ」のメンバーのひとりです。

「巻尺殺人事件《まきじゃくさつじんじけん》」では、セント・メアリ・ミード村《むら》でお金持《かねも》ちの夫人《ふじん》が殺《ころ》されるという事件《じけん》が発生《はっせい》します。まっさきに疑《うたが》われたのは被害者《ひがいしゃ》の夫《おっと》でしたが、かれのことをよく知《し》っているマープルは、真犯人《しんはんにん》はべつにいると確信《かくしん》し、ちょっとした手《て》がかりから、あざやかに事件《じけん》を解決《かいけつ》してみせます。

「申《もう》し分《ぶん》のないメイド」は、セント・メアリ・ミード村《むら》のアパートに引《ひ》っ越《こ》してきたばかりの姉妹《しまい》にまつわるお話《はなし》です。姉妹《しまい》は、完《かん》ぺきに仕《し》事《ごと》をこなすメイドを新《あら》たにやとい、村人《むらびと》たちにも自慢《じまん》していたのですが、そのメイドがある日突然《ひとつぜん》、姿《すがた》を消《け》してしまいます。しかも、そのあとで、姉妹《しまい》の持《も》ち物《もの》ばかりか、ほかの住人《じゅうにん》が持《も》っていた高価《こうか》な品物《しなもの》まで盗《ぬす》まれていたことがわかります。なんと、メイドの正体《しょうたい》は大《だい》どろぼうだったのです。しかし、それだけで事件《じけん》はおわらず、マープルはあっと驚《おどろ》く意外《いがい》な真相《しんそう》をつきとめてみせます。

マープルという人《ひと》は、ときどき、事件《じけん》とはまったく関係《かんけい》のない人《ひと》の思《おも》い出話《でばなし》をはじめたりするので、まわりの登場人物《とうじょうじんぶつ》とともに読者《どくしゃ》もとまどってしまうことがあるかもしれません。けれども、マープルがそんな話《はなし》をするときは、きまってそのなかに、事件《じけん》を解決《かいけつ》するための重要《じゅうよう》な鍵《かぎ》が隠《かく》されているのです。それに気《き》づけるようになったら、ミス・マープルの物語《ものがたり》がよりいっそう楽《たの》しくなることでしょう。

ミス・マープルものの作品《さくひん》をもっと読《よ》んでみたいと思《おも》ったら、やはり最初《さいしょ》の短編集《たんぺんしゅう》『火曜《かよう》クラブ』から手《て》にとってみるのがいいでしょう。

また、クリスティー自身《じしん》は最初《さいしょ》、ポワロは長編向《ちょうへんむ》きで、ミス・マープルは短編向《たんぺんむ》きといっていましたが、十二の長編《ちょうへん》でマープルを活躍《かつやく》させています。そのなかでは、新聞広告《しんぶんこうこく》に載《の》った予告《よこく》どおりに殺人《さつじん》が起《お》きる『予告殺人《よこくさつじん》』や、女優《じょゆう》のパーティーで毒殺事件《どくさつじけん》が発生《はっせい》する『鏡《かがみ》は横《よこ》にひび割《わ》れて』などがオススメです。

挑戦《ちょうせん》しよう!

ミス・マープル・クイズ

第一問《だいいちもん》

セント・メアリ・ミード村《むら》のミス・マープルの家《いえ》の隣《となり》には、どんな建物《たてもの》が建《た》っているでしょうか?

①郵便局《ゆうびんきょく》

②牧師館《ぼくしかん》

③水車小屋《すいしゃごや》

第二問《だいにもん》

ミス・マープルは庭園《ていえん》にも興味《きょうみ》を持《も》っていましたが、どんな庭《てい》園《えん》が好《この》みだったでしょうか?

①イギリス式庭園《しきていえん》

②中国庭園《ちゅうごくていえん》

③日本庭園《にほんていえん》

答《こた》えは次《つぎ》のページに!

第一問《だいいちもん》の答《こた》え

②牧師館《ぼくしかん》

マープルもの初《はつ》の長編《ちょうへん》『牧師館《ぼくしかん》の殺人《さつじん》』(1930年《ねん》)では、このお隣《となり》の牧師館《ぼくしかん》で殺人事件《さつじんじけん》が起《お》こります。

第二問《だいにもん》の答《こた》え

③日本庭園《にほんていえん》

『牧師館《ぼくしかん》の殺人《さつじん》』では、自分《じぶん》の家《いえ》の庭《にわ》に石《いし》を組《く》んで日本庭園《にほんていえん》を造《つく》っていました。

第《だい》三《さん》問《もん》

ミス・マープルのきらいな生《い》き物《もの》はなんでしょう？

①トカゲ

②クモ

③ナメクジ

第《だい》四《よん》問《もん》

作者《さくしゃ》のアガサ・クリスティーとミス・マープルの共通点《きょうつうてん》はなんでしょうか？

①子《こ》どものころ、学校《がっこう》に行《い》かなかった

②生《しょう》涯《がい》独《どく》身《しん》だった

③作《さっ》家《か》として成功《せいこう》した

答《こた》えは次《つぎ》のページに！

第《だい》三《さん》問《もん》の答《こた》え

③ナメクジ

長編《ちょうへん》『魔術《まじゅつ》の殺人《さつじん》』(1954年《ねん》)で、マープル本人《ほんにん》が言《い》っています。理由《りゆう》は書《か》かれていませんが、趣味《しゅみ》の庭《にわ》いじりをしているときにたびたび見《み》かけて、ゾッとしていたのかもしれません。

第《だい》四《よん》問《もん》の答《こた》え

①子《こ》どものころ、学校《がっこう》に行《い》かなかった

クリスティーは学校《がっこう》に行《い》かせてもらえず、母親《ははおや》から教育《きょういく》を受《う》けました。マープルも子《こ》どものころは学校《がっこう》に行《い》かず、家庭教師《かていきょうし》から勉強《べんきょう》を教《おそ》わりましたが、その後《ご》、イタリアの寄宿女学校《きしゅくじょがっこう》に留《りゅう》学《がく》しています。

初出／「風変わりないたずら」　単行本『風変わりないたずら』　汐文社　二〇〇四年十二月刊
「巻尺殺人事件」　単行本『クリスマスの悲劇』　汐文社　二〇〇五年三月刊
「申し分のないメイド」　単行本『クリスマスの悲劇』　汐文社　二〇〇五年三月刊

翻訳／中尾 明（なかお あきら）
1930年生まれ。明治学院大学文学部英文科卒業。作家、翻訳家、児童文学者。日本児童文学者協会理事、日中児童文学美術交流センター会長、創作集団プロミネンス代表を務めていた。2012年没。

キャラクター紹介・クイズ作成／野村 宏平（のむら こうへい）
ミステリー研究家。早稲田大学文学部中退。大学在学中はワセダミステリクラブに所属する。著書に『ミステリーファンのための古書店ガイド』（光文社文庫）、『乱歩ワールド大全』（洋泉社）、『少年少女昭和ミステリ美術館』（平凡社、共編）など。特撮にも造詣が深く、特撮関係の著書に『ゴジラ大辞典』（笠倉出版社）、『ゴジラと東京　怪獣映画でたどる昭和の都市風景』（一迅社）、『ゴジラ365日』（洋泉社、共編）などがある。

カバー・本文イラスト／上杉 久代
本文デザイン／西村 弘美

はじめてのミステリー　名探偵登場！
ミス・マープル

2017年1月　初版第1刷発行

著　アガサ・クリスティー
訳　中尾明
発行者　小安宏幸
発行所　株式会社 汐文社
東京都千代田区富士見1-6-1
富士見ビル1F　〒102-0071
電話：03-6862-5200　FAX：03-6862-5202
印刷　新星社西川印刷株式会社
製本　東京美術紙工協業組合

ISBN978-4-8113-2361-9　乱丁・落丁本はお取り替えいたします。